U0103779

朱万章 著

尺素清芬

百年画苑书札丛考

广西师范大学出版社
GUANGXI NORMAL UNIVERSITY PRESS
·桂林·

CHISU QINGFEN
BAINIAN HUAYUAN SHUZHA CONGKAO

图书在版编目（CIP）数据

尺素清芬：百年画苑书札丛考 / 朱万章著. —桂林：
广西师范大学出版社，2019.5
ISBN 978-7-5598-1696-2

Ⅰ．①尺… Ⅱ．①朱… Ⅲ．①小品文－作品集－
中国－当代 Ⅳ．①I267.3

中国版本图书馆 CIP 数据核字（2019）第 060338 号

广西师范大学出版社出版发行

（广西桂林市五里店路 9 号　邮政编码：541004　）
网址：http://www.bbtpress.com
出版人：张艺兵
全国新华书店经销
广西广大印务有限责任公司印刷
（桂林市临桂区秧塘工业园西城大道北侧广西师范大学出版社集团
有限公司创意产业园内　邮政编码：541199）
开本：880 mm × 1 240 mm　1/32
印张：7.625　　字数：190 千字
2019 年 5 月第 1 版　　2019 年 5 月第 1 次印刷
定价：36.00 元

如发现印装质量问题，影响阅读，请与出版社发行部门联系调换。

自　序

这是我写的第一本和近现代学人相关的非虚构散文集。与之前出版的多本论著不同的是，此书都是以信札为主题勾勒出现代学人的交游网络与翰墨因缘，其中所折射的学术与艺术交融的痕迹尤为明显。

从信札所涉人物而论，本书大致可分为三部分：一为所涉画家或学人的信札，虽然与我并无任何关系，但其内容多为晚清民国以来画苑和学界轶事，可补学术史之不足，如居廉致杨永衍、陈师曾致梁鼎芬、方人定致邓芬、谢稚柳致朱泽、陈凝丹和黄独峰致苏卧农、赖少其致周乃空、亚明致吴振华等，其信札一方或双方均为书画家或学者；二为信札内容虽然与我并无直接关系，但信札所涉一方为我之师友，与我有直接交游，如于省吾、谢稚柳、邓白、龚继先、崔振昆、刘九庵、杨仁恺、魏隐儒、曾敏之、谢辰生、诸涵等人信札的受信者为先师苏庚春，其内容多以书画鉴定家苏庚春为中心；徐邦达、刘九庵、邓白、杨之光和龚继先等人信札的受信者为我的老同事兼师友、陶瓷鉴定家宋良璧；程十发信札的受信者系与我亦师亦友的古文字学家、书法篆刻家马国权；赵少昂和周士心信札的受信者为我的友人、加拿大华人画家黄硕瑜；三是信札作者为我的师友，均系他们直接致信于我，其作者有杨仁恺、苏庚春、吴灏、马国权、王玉池、薛永年等，他们或为书画鉴定家，或为书画家，或为学者，与我均为忘年交。这些信札，大多为我直接或间接经历，记录的是不为人所知的文化记忆，堪称信史。这是为未来留存这个时代的集体回忆。

从信札内容来看，既有书画家或学人之间的交游往事，也有探讨书画鉴定或学术研究的心得体会，更有关于鉴藏、古籍、文物保护、装池、书画用纸、润格、彝器、美食、药材、雅集、编辑、临池、诗歌、书画交易等诸多方面的点点滴滴。这些看似琐碎的文字记录，恰如散落于地的碎金，拾掇起来，便成为20世纪以来书画鉴藏与学术史嬗变的缩影。这些信札的作者，大多为晚清民国以来活跃于书画界、书画鉴定界、文学界和学术界的硕德耆宿。他们大多不以书法见称，但其学养深邃、独抒性灵的书法却为洞悉其多方面的艺术或学术成就提供了参考样本。见微知著，透过这些饱含作者生命意志与艺术激情的寸缣短札，或可略窥离我们渐行渐远的这一代学人的身影。

信札在我们这个自媒体高度发达和信息化无限膨胀的时代，已经逐渐远离我们的日常，所以现在捧读起来，感觉是异常的亲切与不舍。这些信札，有的来自公库所藏，有的来自寒斋蒐集，也有的来自友朋珍庋。我很荣幸能成为除受信者之外的最早一批读者。每一札尺牍，我都曾摩挲再四，爱不释手，因而有感于心，遂援笔成文，以志怀想。

郑逸梅在《尺牍丛话》中曾说，收藏信札"与其罗致显贵，毋宁山泽之癯，风雅之辈，较为隽逸有味"，笔者所遴选的三十通尺牍，均以此为准绳，读者诸君，若能据此体会"风雅之辈"的"隽逸有味"，则此书的意义就远不止于拾遗补阙和以物证史了。

朱万章

二〇一九年二月十五日时客之江之转塘

目　录

上卷

下卷

上　卷

（*1828—1915*）

"佳日春秋共放船"

居廉致杨永衍信札

　　居廉（1828—1904）是19世纪名重一时的花鸟画家，在岭南地区影响甚巨。他字士刚，号古泉，别署隔山樵子、隔山樵人、隔山樵、隔山老人、隔山老叟、隔山老樵、隔山樵叟、罗浮道人、啸月琴馆主人、古泉老人、古老、老古等，广东番禺人，与堂兄居巢并称"二居"，皆以花鸟见长，兼擅人物、山水，出版有《居巢居廉画

居廉像（曾藏陆氏红树室）

集》《居廉扇面画选》等。笔者曾于 2007 年撰写出版了《居巢居廉研究》，今年再次修订，出版了《对花写照：居巢居廉画艺》，对"二居"的生平事迹、艺术成就及其在晚清画坛的地位作了全面论述。近日得见居廉一通信札，遂又勾起关注居氏书画的兴致。

和很多卓有成就的名画家一样，居廉在画艺之外，兼擅书法，可惜其书迹传世并不多。笔者曾见其写赠艳村的《行书七言诗轴》（广东省博物馆藏）、写赠柱臣的《行书七言诗团扇》（广州艺术博物院藏）和写赠其弟子高剑父的《行书七言联》（香港中文大学文物馆藏）及大量的绘画题识和题跋等，多为行书，结体修长，似从米芾和赵孟頫中来，运笔潇洒，气韵连贯，颇具文章之气。居廉的信札并不多见，笔者所见者为两开，现藏广州博物馆，其书写风格与其扇面、对联及立轴略有不同，显得更为随意，无拘无束。尤为难得的是，信札体现其艺术风格之外的文献价值，其书文曰：

　　风特凄紧，寒云满山，旧雨不来，茆斋谁共。苍头昨日自山中还，言榄庄梅花盛开矣。万枝禁雨，香凝不飞，知癯仙欲以待老诗叟践风约也。凌晨能命驾否？萧伯瑶、潘兰史皆词坛健者，足下当招之来，预岁寒之盟，则公济咏梅诸篇又得坡公同为酬和矣。小圃老树著花亦无丑态，希顺，枉顾清谈，白饭青刍，诘朝备及，弟拟补图以记雅游。曲江诗云：一枝何足贵，怜是故园春。慧心人当会斯意。此约

　　椒坪先生足下。癸未十月，弟居廉顿首。

钤白文方印"古泉"。信札书写在人物画笺纸上，乌丝栏，画笺题识曰："玉壶月朗咏梅花，子柳画，十二楼制"，钤白文圆印"十二楼"。鉴藏印有朱文长方印"邓又同藏书画"和朱文方印"邓又同"。

居廉致杨永衍行行书札，纸本，广州博物馆藏

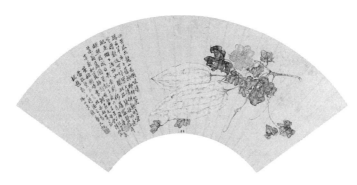

居廉《白苦瓜》扇面，纸本设色，广东省博物馆藏

邓又同为广东顺德人，长期寓居香港，从事教学、学术研究及书画收藏，出版有《学海书楼藏书目录》《陈湛铨先生讲学集》《清代广东翰林考》《邓和简公奏议》等，曾将所藏书画及乡邦文献捐赠给广州博物馆。此信札即是其捐赠文物之一。

收信者"椒坪先生"为杨永衍（1818—1903），字椒坪，别署添茅（茆）老人，广东番禺人，工诗词及画，著有《添茅小屋诗草》六卷，所居曰添茅小屋、半园，后徙鹤洲，居处名鹤洲草堂。他是清末广东文坛的重要人物，不仅长于诗词文赋，在书画方面也卓然有成，与两广文人保持着良好的关系，所居住的添茅小屋和鹤洲草堂是当时文人雅集的中心，广西文人于式枚（1853—1916），广东诗人兼画家张维屏（1780—1859）、黄培芳（1779—1859）、熊景星（1791—1856）、何翀（1807—1883）、袁昊、汪浦，学者陈澧（1810—1882）、陈璞（1820—1887）、潘恕（1810—1865）等均觞咏其中，居巢、居廉兄弟也是常客。信中"癸未"，为清光绪九年（1883），居廉时年五十六岁。信中"瘰仙"即倪鸿，字延年，号云瘰、耘劬，广西桂林人，工诗文书画，著有《桐阴清话》《退遂斋诗集》《退遂斋诗集续集》。他宦游广东多年，与杨永衍、居巢、居廉等交善，曾为居廉的《得寿图》写过题咏诗，居巢有《题倪云瘰少尹珠海夜游图》《癸亥三月暂归会城寓斋对雨读倪云瘰少尉（鸿）诗卷感题三绝句（用李师中体）》诸诗，显示其与"二居"交游甚笃。萧伯瑶，为萧筵常（？—1915），字伯瑶，广东南海人，擅诗词书法，著有《萧亭词》《萧斋余事约刊》《海声》等，为居廉写过祝寿诗四首及《啸月琴馆寿言》。潘兰史即潘飞声（1858—1934），字兰史，号剑士、独立山人，别署老剑、说剑词人等，广东番禺人，近代有名的诗人，兼擅书画，同时也是一个美术活动家，著有《说剑堂集》《两窗杂录》《剪淞阁随笔》《老剑文稿》《柏林游记》《西海纪行》《天外归槎录》

《泰西铁路图考》《香海集》等，与丘逢甲、居巢、居廉、伍德彝、宝筏、黄节、钱慧安、杨佩父、马端西、吴昌硕、黄旭初、蒲作英、杨逸、顾翔生、姚伯鸿、沈心海、高邕、黄克明、冯梦华、潘叔和、金巩伯、杨古醖、杨了工、郁屏翰、马企周、朱紫翔、何诗孙、程瑶笙、张善子、沙辅卿、王一亭、徐讷甫、洪庶安、汪仲山等人均有交游，但凡研究近代美术史（尤其是岭南和海上画史），潘飞声都是一座不可绕过的重镇。在萧伯瑶和潘飞声诗文中，均有多处记载与居廉、杨永衍交游事，如潘飞声的《国香慢·杨椒坪招同萧伯瑶、居古泉、陈柏心泛舟瑶溪，小憩是岸寺，登榄庄探梅，归饮四薇花馆。古泉作图，属余倚声》《丙戌二月八日符子琴别驾招同陈古樵司马、何一山贰尹、杨椒坪郡丞、萧伯瑶山人、居古泉少尉、宝伐上人宴集约云楼》、萧伯瑶的《符子琴别驾招同陈古樵司马、杨椒坪郡丞、居古泉山人、何一山贰尹、伍懿庄观察、潘兰史典籍、宝筏上人等约云楼观画》。从其诗（词）题可知，他们一起泛舟、探梅、赋诗、宴集、作画、观画，演绎着传统文人雅集的主要项目。居廉的这通信札，乃询问雅集召集者杨永衍相约萧伯瑶、潘飞声等"词坛健者"来"预岁寒之盟"，正可作为他们交游的佐证，与诸家诗词可相互参照，了解晚清时期以杨永衍、居廉、潘飞声为中心的交友圈情况。

信的主人杨永衍，比居廉年长十岁，与居廉交往最久，交情也最深。在居廉有上款的作品中，赠予杨氏的就有十数件，从咸丰十一年（1861）到光绪二十九年（1903），时间跨度长四十余年。杨永衍在作于光绪十三年（1887）的《啸月琴馆寿言》诗中写道："皓首论交四十年，盟同松柏老逾坚。菊花时节桃花浪，佳日春秋共放船。"以此年上推四十年，则二人订交时间至少可上溯至清道光十七年（1837），此年居廉年仅十二岁，而杨永衍二十二岁。

在居廉画作中，随处可见二人交往事。如居巢在居廉作于清咸丰十一年（1861）的《黄香月季》（香港攻玉山房藏）上题识曰："辛酉冬仲，添茅小屋销寒雅集，古泉为黄香写照，老巢补月季一枝，以奉椒翁仁兄大人法鉴。巢并识。"反映出"二居"与杨永衍雅集并为其作画事。居廉在作于清同治三年（1864）的《桂花苔石》（香港攻玉山房藏）上题识曰："甲子花朝，添茆小屋燕集，椒坪道兄出素册属写苔石。翌日，梅生仲兄补桂花一枝，并请是正。古泉又识。"也反映雅集及作画事。居廉在作于清光绪十四年（1888）七月的《斗蟀图》斗方（广东省博物馆藏）中题识曰："添茅老人无半闲堂癖，然豆篱瓜架，时爱曳杖夜行，辄一云：蟋蟀秋声，胜于鸣蛙两部，余因画赠三头，正欲于昏上助其清听耳。戊子七月隔山老樵居廉并记。"记其为杨氏写画。居廉在作于1890年的《花春四时》册（香港中文大学文物馆藏）题识曰："尝与椒翁曳杖游海幢寺，草际见此花绚烂如锦，延绵山径，山僧云：花至午后即合，侵晚则又盛放矣。归而图此，以记花之异。古泉。"记录其与杨氏"曳杖游海幢寺"事；光绪十八年（1892）六月，居廉为杨永衍作《白苦瓜》扇面（广东省博物馆藏），并题识曰："白苦瓜出龙山，色嫩味清，胜五羊市上旧种。邱仲篪寄赠数枚，可作案上清供，熟时宜配鱼虾，下酒物也。闻此瓜须种水边，映照乃成白色，否则仍旧家碧玉耳。椒翁属图并记。壬辰六月，居廉。"记录其为杨氏绘画事。这些画中题识，与信札一样，是其交游的最直接资料，通常情况下，最是信而可征的。

当然，在文献中，也不乏二人交游的记载。除前述诸家诗文外，丘炜萲《五百石洞天挥麈》记载了两人的一段趣事。居廉尝举二十四番花信索杨永衍题诗，欲难杨永衍，不想杨氏随即赋诗，"为成绝数，如其画数"，并使童持示居廉云："吾诗既往，君图宜来。"于是居廉也立马绘图，"乃成画数，如其绝数"，并笑曰："欲难杨椒

狂似阮咸

楊椒坪郡丞招同古泉蘭史游是岸寺過劉王石馬岡至

攬莊看梅花晚歸鶴洲草堂圍爐

弦證按劉子言先生著瑤溪二十四景詩有石馬岡小序云勞農亭北岡阜蜿蜒迎眼一峯如沐螺翠羣松簪之則石馬岡也稍東上名劉王殿當是南漢故址夕陽登眺大江出没於遠山遠樹間隔江白雲諸出招之欲

凝寒陰四天凍意欲釀雪幽人不自慘游興老愈烈寒溪不容

意來悠然曠

筏沙水槃玉屑路轉駱駝橋北風吹石裂招提半荒殘烟火已

斷絕寂寞老病僧破鐺足久折惟有水松堤十里青不缺恨無

植子野一路笛吹徹

秀州至北裏袈羊臥金殿何況石馬岡夕陽衰草徧人生在行

记录杨永衍、萧伯瑶等与居廉等人交游的《萧斋余事约刊》书页坪，反为杨椒坪难矣。"一时传为佳话。

　　杨永衍是当时广州文坛耆宿，居廉则被奉为晚清岭南画坛盟主。同时，居廉是一个职业画家，而杨永衍又是一个家产丰饶的收藏家，故杨永衍既是居廉好友，又充当了居廉的艺术赞助人。这种情况，颇似明代收藏家项元汴与仇英的关系。他们二人在诗书画方面有着共同爱好，又同是乡友，故能使这种关系维持长达半个多世纪。由于杨永衍与当时广东乃至广西的著名文人交游频仍，在书画、文学及政商界都具有相当大的影响力，毫无疑问，这种影响力直接促进了居廉绘画的传播与推广。因此可以这么说，居、杨交游一定程度上反映了广东主流文人对居廉及其画艺的认同，以至于后来居廉桃李满天下，"岭南画派"创始人高剑父、陈树人等也都曾一度追随门下。所以，若从这个角度来解读居廉信札及其由此生发出的居氏朋友圈，其画艺流播与影响的意义也就格外凸显了。

　　　　　　　　　　　　（原载《艺术品》2016 年 12 期总第 60 期）

"臭味取舍与我同"
陈师曾致梁鼎芬书札

　　陈师曾（1876—1923）是 20 世纪有名的文人画家，在书法、绘画、篆刻及画学理论方面都有卓越的建树，是民国初年北京画坛的领袖，与姚华（1876—1930）并称"姚陈"。笔者在撰写《陈师曾》一书时，已对陈师曾与鲁迅、姚华、齐白石等人的交游做了梳理，但限于篇幅和学力，本欲想解决的很多问题如陈师曾与吴昌硕、李叔同、金城、苏曼殊、黄节、黄宾虹、梁鼎芬、王梦白、蔡元培、汤定之、余绍宋、刘海粟等时贤的关系，最终因各种原因而未能成文，不无遗憾。近日在观摩中国美术馆举办的"朽者不朽：中国画走向现代的先行者陈师曾诞辰一百四十周年特展"时，发现一些未曾见过的资料，遂勾起撰写陈师曾与梁鼎芬交游文章的兴致。

　　事实上，梁鼎芬（1859—1919）算是陈师曾父执，可谓世交。梁鼎芬很早就与陈三立（1853—1937）订交。在梁鼎芬《节庵先生遗诗》中，便有《同伯严六阁游徐园》《陈进上（三立）宴集贾太傅祠》《伯严、叔峤访予焦山，雪中景状，再用前韵为贶》《伯严公子馈诗甚美，四用前韵答之》《得伯严书》《杨叔峤、纪香驺招同陈伯严、张君立、刘君符、姜孝通集两湖书院楼上望雨作》《癸丑浴佛日，伯严于樊园招钱林侍郎游泰山，题诗何诗孙画上》《丙辰四月送

伯严还金陵散原别墅》诸诗是为陈三立所作。其中《丙辰四月送伯严还金陵散原别墅》诗云："初夏轻阴抵晚春，花言鸟语待归人。到门喜见脱绷笋，行路都知避世巾。万事饱看同缩手，一觞聊可自由身。挈家稳住钟山下，我友颜尧是旧臣。"从前述诗题及此诗可知，梁鼎芬和陈三立有着共同的朋友圈，既源于寅谊，又因为有着共同的诗文之好。清朝终结以后，作为前朝旧臣，梁鼎芬曾充任逊帝溥仪的老师，并督办先帝光绪陵寝，奉安崇陵，并在河北易县一处叫梁格庄的行宫结庐种树，为清朝皇室守陵。因而在 1915 年，陈三立有《节庵自梁格庄赋一绝，写扇见寄，把笔戏酬》诗："归摩檐底燕巢新，忆汝边头种树人。饭颗诗心题一扇，留垂苗裔泣孤臣。"足见二人基于诗文唱酬之上的交谊。1919 年，梁鼎芬归道山，陈三立还撰写了《祭梁文忠公文》，以志凭吊怀念之意。

正是因为有着父辈的这层关系，比梁鼎芬小十七岁的陈师曾很早就与其交游，梁鼎芬也由此成为陈师曾早期艺术历程中的重要人物。梁鼎芬曾有《同陈生（衡恪）观乃园桃花》："四忠祠前桃十数，梅花递过今见花。枝柯蔼绵交薶䕽，独吸清露施明霞。畦铺黄菜风引蜻，径掩绿草泥跳蛙。初拟官舍那有此，仿佛已入渔人家。凭栏围赏能几日，绮绵年芳未应失。一物刚柔亦有时，此花吾可看成实。""乃园"位于武昌蛇山西端南坡，是明清两代湖北按察使司署的后花园，因园内布局依山势转折而下，形成"乃"字，故称。据王森然《梁鼎芬先生评传》记载，庚子（1900），梁鼎芬因张之洞举荐，先后以知府分发湖北，不久除汉阳，调补武昌，又曾任湖北安襄郧荆道、湖北按察使等职。因此与陈师曾乃园赏花，当是在此期间。

今人研究陈师曾，对其进京之后的艺术活动所涉尤多，其早年艺文活动则因史料阙如而语焉不详。从其与梁鼎芬的交游或可略补其缺。笔者所搜集到的三通陈师曾致梁鼎芬信札便能窥豹一斑。

三通信札均无年款，也无函套存世，故无从得知准确纪年。其一云：

> 《无邪堂答问》，敝师印昆先生深服此书，湘友欲观者甚众，不审可先代购一二部否？其值若干，并乞示知为幸。
>
> 　节庵先生　丈，衡恪再拜。

《无邪堂答问》为晚清学者朱一新（1846—1894）论著，是以问答式形式撰写的笔记，内容关涉政经、文化及教育等问题。朱一新字鼎甫，号蓉生，浙江义乌人，人称"朱义乌"，为同治九年（1870）举人，官内阁中书；又于光绪二年（1876）中进士，改翰林院庶吉士，授编修，累官至陕西道监察御史，后因弹劾李莲英，降主事并告归，张之洞遂延请至广雅书院。由于这样的因缘，朱一新与梁鼎芬算是同道中人，梁鼎芬有《怀朱一新》《题朱鼎甫拙庵》诗咏之，前者云："分此千里月，照余两人心。智慧凭何寄，梦魂相与寻。通微须有悟，学哑便无音。岁晚得逢否，沧江深又深。"颇有同病相怜之感。除《无邪堂答问》外，朱一新尚著有《奏疏》《诗古文辞杂著》《京师坊巷志稿》《汉书管见》等。"敝师印昆先生"则指陈师曾的老师周印昆。周印昆本名周大烈（1862—1934），湖南湘潭人，擅诗文，著有《夕红楼诗集》。陈师曾曾于光绪二十年（1894）拜于其门下学文学，自此，在陈师曾艺术生涯中，到处都能见到周氏影子。民国四年（1915），陈师曾为其所藏秦篆刻石拓本补《碧霞元君祠图》，又为其拟黄九烟先生画。民国六年（1917），陈师曾作《白石词意》山水册十四开（中央美术学院藏），几乎每开都有周氏题写小诗。如题其中一开"梅花小屋"云："闭户有人在，开门无客来。如何梅下老，关着两枝梅。"诗意轻松愉快，与画境同一，别有意趣。民国七

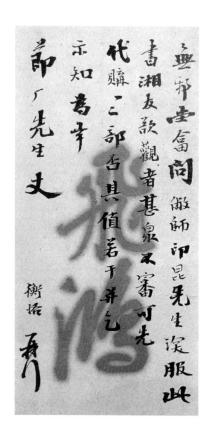

年（1918），陈师曾为其刻"周大烈所藏金石刻辞"印；民国八年（1919），陈师曾为其作《山径归樵图》（北京画院藏），并自署"印昆夫子大人诲正，受业陈衡恪"；民国十二年（1923），陈帅曾作《竹菊图》（中国美术馆藏），周氏在其上题长跋，略述陈氏诗歌之得失，其拳拳训诲之心，溢于言表。在陈师曾早逝后，周大烈发表演说，称其"人格高尚，出笔异于常人，于其作品可以想见其为人，乃至于处世接物无一不可谓为真如中国古代之高士隐者"，可谓知人之言。

由于《无邪堂答问》最早由广雅书局于清光绪二十一年（1895）刊行，故可推知此信的大致时间当为此年或略晚。

另两通信札曰：

> 昨者辱临二次，以微躯稍沾寒疾，不可以风，故未奉近。今幸已瘳，容当趋承大教。所欲言之事，列后二纸。敬候
> 节庵先生世丈起居。衡恪顿首。

> 拟月杪南旋省亲，朔日宠召，不克趋陪，歉甚歉甚，惟心领耳。特道谢忱。
> 节庵世丈。衡恪顿首。

两信均可看出陈师曾、梁鼎芬往来甚密，并不仅限于友朋之间的日常往还。由于两信所写的具体时间及当时的语境已不可考，故并未能获得更多的信息。但在陈师曾为梁鼎芬所写的诗歌中，可获取一些两人交游的资讯，可与两信相互参证。陈师曾《节庵大丈饷梁格庄菘》诗云："先生恶韭独好菘，臭味取舍与我同。题笺荷眷远时寄，雕琼落俎胜里松。四海困穷仍作客，种树余畦土花裂。帝陵霜雪老臣心，炙手厨娘那能说。"一句"臭味取舍与我同"可知，二人的交游显然已经超越父执之谊，完全是出乎相同的志趣，而"题笺荷眷远时寄"则表明两人鸿雁传书、书画酬唱的雅趣。

民国八年（1919），梁鼎芬弃世。次年，由其表侄余绍宋（1883—1949）捉笔绘《梁格庄会葬图》（浙江省博物馆藏），一时名流如曾习经、陈宝琛、朱益藩、黎湛枝、秦树声、胡祥麟、陈庆祐、朱汝珍、汤涤、陈师曾、郑孝胥、梁用弧、吴昌绶、康有为、李绮青、万绳栻、李孺、陈毅（湘乡）、江瀚、黄节、袁励准、邵章、周贞亮、

陈师曾致梁鼎芬信札，广东省博物馆藏

罗惇曧、赵尔巽、朱孝臧、袁思永、袁思亮、王廷扬、叶尔恒、刘承幹、陈三立、高丰等数十家题跋歌咏，遍于缣幅，其中陈师曾题诗曰："薤露悽其泪掩襟，岁寒松柏见岗岑。忠臣归首酬孤志，义士留图认苦心。栖凤楼空天共水，食鱼斋冷意弥深。人民城郭皆陈迹，鹤语寥寥不可寻。"人琴之感，跃然笔下，亦可知一对忘年之交的深情厚谊。

（原载《中国文物报》2017 年 3 月 7 日）

古文字学家的书法魅力

于省吾致苏庚春

　　于省吾（1896—1984）是有名的古文字学家，也是文物鉴藏家。字思泊，号双剑誃主人、泽螺居士、夙兴叟等，辽宁海城人，1919年毕业于国立沈阳高等师范学校，后任奉天萃升书院院监，"九一八"事变后移居北京。据其自传所说，他到北京后，其父将家中旧藏的三十多箱书籍，先设法运至大连，然后转运北京。因为有这些书朝夕相伴，他开始喜好古器物和古文字，并逐渐从事这方面的研究。1929年至1949年间，他先后任辅仁大学、北京大学教授，燕京大学名誉教授，均讲授古文字学。1955年，由匡亚明聘请其任东北人民大学（今吉林大学）历史系教授，从事古文字考释和典籍考证。自此以后，他便长居长春。一生中，他担任并获得多项和古文字有关的学术职位或荣誉头衔，如吉林大学古文字研究室主任兼校学术委员会委员、中国古文字研究会理事、中国考古学会名誉理事、中国语言学会顾问兼学术委员、中国训诂学会顾问、国务院古籍整理出版规划小组顾问等，出版了包括《尚书新证》《商周金文录遗》《甲骨文字释林》《双剑誃尚书新证》《甲骨文字诂林》等在内的多部学术论著，在学术界影响深远。

　　和其他古文字学家如容庚（1894—1983）、商承祚（1902—

1991）等人一样，于省吾也雅好鉴藏文物。他自言购买古器物"意在鉴别真伪，从事著述"，但后来"趋于玩物丧志，深感忏悔"，在20世纪50年代初期，遂将所藏古代文物捐献给了中国历史博物馆（今中国国家博物馆）和故宫博物院；1977年，则将所藏的王宠《泥金草书扇面》《元人双钩竹立轴》《王国维致雪堂书札册》等明清书画59件捐赠给辽宁省博物馆。不仅如此，他一直和文物、博物馆界保持着紧密的交流，1952年还一度被聘为故宫博物院专门委员。他和书画鉴定家张伯驹（1898—1982）、张政烺（1912—2005）、启功（1912—2005）、杨仁恺（1915—2008）、史树青（1922—2007）、苏庚春（1924—2001）等人过从密切，与诸家均有书信往还，从其致苏庚春短札便可略窥一斑。

该信信封及内笺均由圆珠笔写就，收信人地址及姓名为："广州市 广东省博物馆苏更春同志"，寄信人为"长春吉大历史系于寄"，邮戳漫漶不清，信封为"文革"时期常见的红色主题"革命

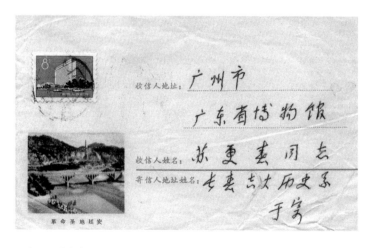

于省吾致苏庚春信封

圣地延安"，具有鲜明的时代特色。信书写在彼时常用的信笺纸上，右下角印着纸张型号与印制时间："50 克书写纸，16×50。长印，1973.8.80。"全信如次：

更春同志：

　　来函得知近况安善，至慰远怀。你邀我去广州参观文物，我很赞同。但我近来工作较忙，没有重要理由，亦不能随意远出。将来有机会再说可也。

　　晤及王贵忱同志，祈代为问候。又王贵忱同志上月末来信，求我为欧初同志写字。我近患感冒，俟痊愈当即写寄。祈费神转达为盼。匆复，顺致

　　敬礼！

省吾手启，1975.11.15

　　收信人苏庚春，字更淳，一字更春，河北深县人，早年在北京琉璃厂从事字画经营，与刘九庵、王大山、李孟东被誉为"琉璃厂书画鉴定四家"，郭沫若曾赞其"年少眼明，后起之秀"。1961 年，他南下广东，先后供职于广东省博物馆和广东省文物鉴定站，1983 年被聘为国家文物鉴定委员会委员，著有《苏庚春中国画史记略》《明清以来书画鉴定家选》《犁春居鉴稿》和《犁春居书画琐谈》等。于省吾致函之时，年八十岁，而苏庚春五十二岁，时任职于广东省博物馆，从事书画鉴定与文物征集等工作。信中所言"邀我去广州参观文物"，这种情况在当时极为常见。由于苏庚春在书画界的特出地位和影响力，他经常会邀约全国各地的书画名家和鉴定家南下，或观摩藏品，或创作休养，或考察写生，或交流办展，以故像李可染、邓拓、周怀民、亚明、谢稚柳、启功、黄胄、吴作人、肖淑芳、

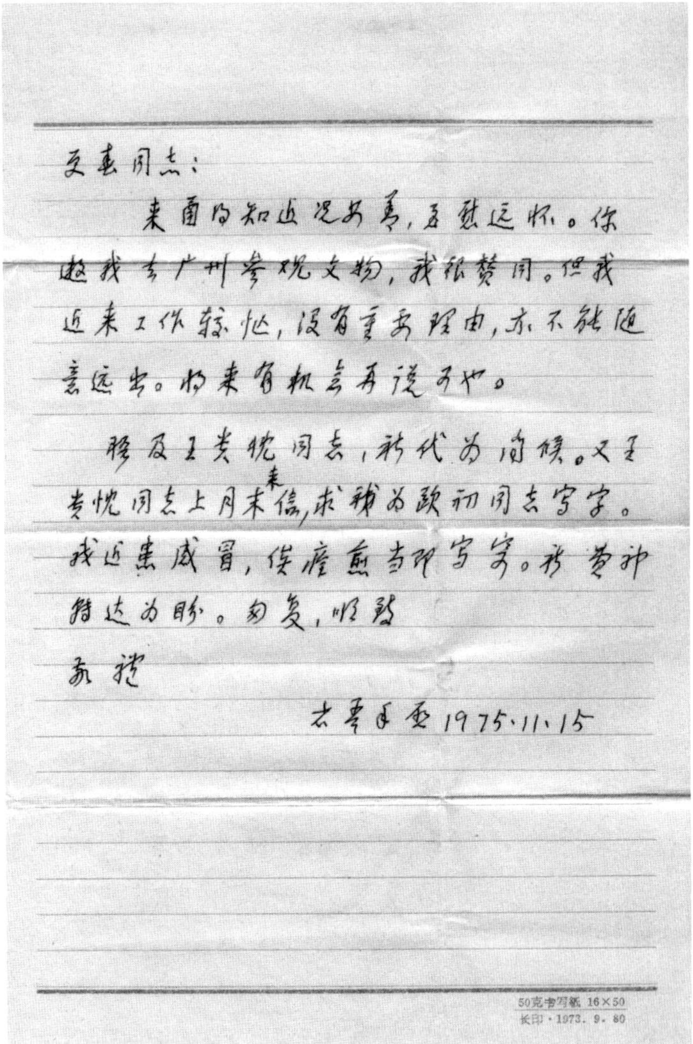
庚春同志：

来函内知近况安善，至慰远怀。你邀我去广州参观文物，我很赞同。但我近来工作较忙，没有重要理由，亦不能随意远出。将来有机会再谈可也。

转及王贵忱同志，祈代为问候。又王贵忱同志上月末来信，求我为欧初同志写字。我近患感冒，俟痊愈当即写字。希费神转达为盼。匆复，顺致

敬礼

省吾手覆 1975.11.15

于省吾致苏庚春信札

李苦禅、何海霞、魏隐儒、何镜涵、傅抱石、宋文治、陈大羽、魏紫熙、傅二石、傅小石、陈佩秋、关良、程十发、黄幻吾、朱屺瞻、唐云、郑乃珖、黄独峰、王康乐、应野平、邓白、马瑔、刘九庵、杨仁恺、徐邦达、王季迁、傅大卣、冯先铭、耿宝昌等人都是该馆的座上客。他们在观摩藏品之时，也为该馆留下了珍贵的墨宝。苏庚春正是以这种特有的方式，为包括广东省博物馆在内的南方很多博物馆征集了众多名家翰墨，可谓功德无量。在苏庚春编著的《明清以来书画鉴定家选》中，还专门有"于省吾"词条，虽然内容与后来所见的于省吾资料大同小异，但可概见苏庚春是将其列入到"书画鉴定家"行列视之的。或许正是如此，二人才有书信往还与交游。

信中提及之王贵忱，其时为广东省博物馆职员，喜好钱币收藏与研究，后来则兼事书画收藏与图书版本研究；欧初曾任广州市委书记，时任广东省轻工业局革委会主任，也喜好书画文物收藏，出版有《五桂山房诗文集》《欧初书画集》《欧初自用印及藏印集》《我亲见的名人与逸事》《五桂山房藏元明清书法集》《五桂山房藏古书画题跋选》《五桂山房集》等。

作为一个学养深邃的古文字学家，于省吾兼擅书法。其书底蕴深厚，洋溢着一种学问文章之气。该信札虽然为硬笔所写，但可看出其运笔老辣、人书俱老的气息，从侧面可见其书法之功底。在笔者所见于省吾的其他书札如致杨仁恺的十六通书札（见《沐雨楼来鸿集：杨仁恺先生友朋书札》）中，亦可见这种风格。他尚有多件书法作品存世，近年在拍卖行也出现他的书法，大多为行书，偶尔亦可见到金文、甲骨文，用笔圆润，结体劲健，与信札有异曲同工之趣。他主编的《甲骨文字诂林》是编者集其题字，亦可见其平淡冲和而内蕴颇深的风神。很显然，能到达此境界，不是从临池中可以轻易获得的，而是其长期浸淫于学术，"腹有诗书气自华"的自然流露。这种纯学者书风，在同时期的学者如陈垣、邓之诚、容庚、商承祚等人的作品中也经常见到。从书信内容中亦可知，王贵忱曾代欧初向其求字，说明他的书法在当时书画收藏界也小有名气，受到藏家追捧。

此外，近日在读书时，无意间发现诗人陈三立《散原精舍诗文集》里有一首《题于省吾山居读书图》诗。诗云："玩世穷年簿领间，茅庵佳处托荆关。藏身一影如文豹，雾雨层层海上山。"初读此诗，笔者误以为于省吾早年兼擅绘事，后来读张伯驹主编《春游社琐谈》，中有于省吾《林琴南山居读书图》一文，始知此图实为林纾（1852—1924）所绘，一时题咏甚夥，自然也包括陈三立此诗。于省吾谓此图"格调高逸，意境雄浑，愧余弗敢当也"，然并未见此图行世，不无遗憾。因陈诗所涉于省吾所藏绘画事，亦可见其在文物鉴藏之余的风雅，遂附记于此。

（原载《收藏》2016 年第 6 期总第 324 期）

论争与融合

方人定致邓芬书札

    在20世纪二三十年代，以高剑父、高奇峰、陈树人为代表的"岭南画派"和以潘和、赵浩公、姚粟若、邓芬、罗艮斋、李耀屏、卢镇寰、黄君璧、黄少梅、张谷雏、卢子枢、温其球、李凤廷、潘达微、黄般若等为代表的广东国画研究会因艺术创作、价值取向与艺术主张分歧而有过激烈的论争。其中，最大规模的一次论战在20年代后期。1926年，方人定在高剑父的授意下，在广州的《国民新闻》《国花》等报刊发表《新国画与旧国画》一文，主张改革旧国画，引起论战，而广东国画研究会的黄般若在赵浩公指示下，亦奋起反击。其时，方、黄均年少气盛，各以己方元老为依托，壁垒森严，各不相让，时人称之为"方黄之争"。他们争论的焦点集中于："岭南画派"攻击国画研究会作品没有生气，"全事模仿，埋没性灵"；广东国画研究会则讥讽"岭南画派"是混血儿，"剽窃西洋画皮毛"，学习日本画乃逆势而行，且格调不高。双方因争论而"顿划鸿沟"，形成了各自的阵营，在近代岭南画坛上成为两大堡垒，分庭抗礼。这种论战虽然激烈，但持续时间并不长，及至1937年七七事变爆发后，全民开展"抗日救亡"运动，方、黄两人相聚于香江，遂握手言欢。

25

    事实上，即便在论战最为白热化的时期，两派之间的壁垒也并非泾渭分明。广东国画研究会前身癸亥合作社成员罗卓、国画研究会成员邓剑刚就曾与高剑父等人共同创立随社；由陈树人、黎泽闾、王孝若、陈树人、罗仲彭、张逸等人发起成立的"清游会"则包括两派的画家；1921年，高奇峰还力荐广东国画研究会的邓芬参加由广东省省长陈炯明主办、高剑父筹办的广东省美术展览；1948年2月27日—3月1日，方人定个人画展在广州中山文献馆举行，广东国画研究会的元老赵浩公还扶病前来观摩。在传世画作中，我们还能见到分属两派的画家合作的艺术佳构：如作于1923年的《清供图》便是由高奇峰和广东国画研究会的邓芬合作；作于1928年的《双雀松石图轴》(广东省博物馆藏)由高剑父与广东国画研究会的崔鸣周、容祖椿合作；作于1930年的《花卉图》轴（广东省博物馆藏）

画室中的方人定

由"岭南画派"的赵少昂与广东国画研究会的罗仲彭等人合作；1932
年7月，"岭南画派"的高剑父、杨善深和广东国画研究会的容祖椿、
卢振寰等合作《花卉图》（广州美术学院藏）；等等。近日，由方人
定女儿方微尘提供、邓芬外孙刘季收藏的方人定致邓芬的信札也可
印证此点。

　　该信为一开，全文曰：

　　芬老：

　　　　大作已交朱光先生，他甚赞您的笔墨好，希望您再写壹帧
有色彩的给他，不题上款更妙云。

　　　　我主张您归来大陆，"屏除丝竹入中年"，先生岂能终身癫
乎？九爷是否真要归来？请示知！

　　　　敬祝

　　康健！

　　　　　　　　　　　　　　　　　　弟　人定顿首，十月廿九

　　九爷均此请安！

　　方人定（1901—1975）是高剑父的大弟子，原名钦，行四，又
称四钦，一作士钦，二十岁时以人定胜天之义更名为"人定"，广
东香山（今中山）人。1935年，方人定卒业于日本东京美术学校研
究部，历任南中艺术专科学校、广州艺术专科学校等校教授及广东
画院副院长，以人物画见长，出版有《中国近现代名家画集·方人
定》《方人定中国画作品》《方人定画集》《方人定画汇》等。"芬老"
即邓芬（1894—1964），字诵先，号昙殊，又号从心先生、二不居
士、老檀、咏人等，广东南海人，曾从董一夔、张世恩学画，善画
花卉、人物，尤擅仕女、小雀，所画小鸟简洁生动，时有"邓芬三

芬老：

大作已交朱光光生，他甚赞您的

墨宝，希望您再写壹帧有色彩

的给他，不题上款更妙云。

承重张德约束大达，屏除竹入

中美，先生量张终身癫呆，九爷是

忍真勇的束。请示去！家祝

康健

人定寿十月廿九

九王八均廿清华

方人定致邓芬信札（1956）

笔雀"之誉，晚年避居澳门，出版有《昙殊居士书画集》《邓芬艺文集》《邓芬百年艺术回顾》《南海邓芬艺术全集》等。朱光（1906—1969），原名光琛，广西博白人，历任广州市长、广东省副省长、安徽省副省长等，在戏曲、书法、绘画、诗词方面都有很深的造诣，在任职广州期间，所填写的《广州好》词曾传诵一时。信中"屏除丝竹入中年"句，语出清人黄景仁（1749—1783）的《绮怀》十六首之十六，原诗曰："露槛星房各悄然，江湖秋枕当游仙。有情皓月怜孤影，无赖闲花照独眠。结束铅华归少作，屏除丝竹入中年。茫茫来日愁如海，寄语羲和快着鞭。"方人定以此句劝喻邓芬珍惜时光，不作"终身癫"，显然是有一番良苦用心的。"九爷"为沈仲强（1893—1974），原名忠赍，以字行，因排行第九，故人称"沈九""九爷"。其先世为浙江山阴人，后落籍广东番禺，曾与周一峰、沈鹤巢、邓芬等雅集于禺山师范学堂，1923 年与赵浩公、姚粟若、邓芬、罗艮斋、卢镇寰、卢子枢等结为癸亥合作社，后又参与广东国画研究会，擅画花鸟，尤喜爱菊花，故有"沈菊花"之称，出版有《霜杰楼主沈仲强先生夫人百龄明寿纪念册》《沈仲强画集》等。该信并无年款，从沈仲强 1956 年从澳门回广州可推知，此信当书于此年。据郑春霆（1906—1990）的《岭南近代画人传略》记载，沈仲强是因为其妻 1952 年病逝于澳门，其友朋亦多星散，自己孑然一身，于是选择了回归广州。方人定写此信，是有一个大背景的。当时周恩来鼓励寓居海外的文化人回国，并提供优厚的待遇，很多海外的知识分子都在这段时间纷纷回国。沈仲强回到广州后，即与苏卧农、马慈航、冯湘碧等画家一道被聘为广州市文史研究馆馆员，并入住位于广州市盘福路的高级知识分子宿舍。此年刚当选为中国美术家协会广州分会（后改为广东分会）常务理事的方人定，事业上如日中天，他是否是受时任广州市长的朱光所托，专程写信规劝邓芬回国，现在已无从考证。不过，邓芬并没有为其所动，而是选择留在澳门，信守"秦时明月汉时关"。当然，邓芬也并未如其所言作"终身癫"，而是默默耕耘一方艺田，在人物、山水、花鸟方面都卓有所成，成为广东国画研究会的后劲中坚。有意思的是，写出此信的十二年后，"文革"开始，方人定和很多画家一样，成为"反动学术权威"，被拉去批斗，下放农村改造，心爱画作也付之一炬。假设他能预见到这些突如其来的厄运，不知道是否还会捉笔奉劝邓芬们归国呢？

（原载《大观》2016 年 12 期总第 87 期）

谢稚柳信札中的交游往事

以苏庚春为考察对象

　　谢稚柳（1910—1997）和苏庚春（1924—2001）都是书画鉴定家、全国文物鉴定委员会委员。他们二人最早相识，是在1958年。其时，年方三十五岁的苏庚春供职于北京琉璃厂的宝古斋书画门市部，任主任。时任广东省副省长的魏今非邀约北京的苏庚春、王大山及广州的欧初赴上海为筹建中的广东省博物馆征集书画，先后拜访了谢稚柳、唐云、程十发等名画家，并经书画鉴定家张珩介绍，结识上海书画收藏家孙煜峰。自此之后，苏庚春便与谢稚柳开始了长达近四十年的交往。

1961 年 1 月，苏庚春从北京调到广东省文物管理委员会，承担文物的口岸验关工作。后来相继供职于广东省博物馆和广东省文物鉴定站。他与谢稚柳的交游，多因其在广东省博物馆工作，源于书画征集、鉴定等业务与其往还。又因谢稚柳的缘故，苏庚春结识了上海地区不少重要的书画名家和书画鉴藏家，直接或间接地为广东省博物馆征集大量书画。

谢稚柳和苏庚春交往的最早记录，由于年代久远，且当事人均已不在，现在大多已无从查考，只能从有限的文献记载和亲友口述中，知道一些梗概。1963 年 2 月，张珩、谢稚柳、李可染等到广州，在金石学家容庚及广东省博物馆苏庚春、杨莘、莫稚等人同志陪同下，参观位于粤北的南华寺，于功德堂内，发现宋庆历八年（1048）木雕罗汉像一尊（一号）。是年 6 月，苏庚春的父亲、北京琉璃厂贞古斋主人苏惕夫在京病故，因其生活拮据，苏庚春连赴京奔丧的费用都无法筹集。谢稚柳知道此事后，专门为其画了十几幅大画，让其拿到文物店去变卖以换取川资。[1] 1978 年 12 月，徐邦达受文物出版社委托，与单国强、庄嘉怡等人到广东省博物馆参与《广东省博物馆藏画集》的作品鉴选工作，苏庚春与其共同挑选、鉴定作品。徐邦达先生在广州期间，适逢谢稚柳、陈佩秋伉俪以及吴作人夫妇、郑乃珖夫妇、亚明、宋文治、魏紫熙等名画家汇聚广州，得广东省委接待处安排游肇庆七星岩。广东省博物馆特地为他们举办"京沪宁名家作品展"，该展览由苏庚春策划并负责。同年，苏庚春与广东省委交际处的惠荣才、广州工艺美术研究所的梁纪及广州市文物店的邓涛等在广州会晤谢稚柳、陈佩秋夫妇，并在广东迎宾馆合影。

[1] 广东省博物馆、广东省文物鉴定站编：《纪念苏庚春先生暨征集书画精品集》，岭南美术出版社，2013，221 页。

谢稚柳《采莲图》，绢本设色，99.4×46.8厘米，1943年

1982年1月，谢稚柳来广州，苏庚春会同广东省博物馆馆长任发生与香港中文大学文物馆的高美庆、林业强及谢稚柳弟子吴灏等在广州东方宾馆会晤小酌，并一起合影留念。

谢稚柳作为中国古代书画鉴定组的成员，多次到广东鉴定书画；他同时又是书画家，其广东籍弟子吴灏、梁纪又居住在广州。此外，在广州、香港还有好友如容庚、商承祚、陈寂、马国权、曾敏之、谢文勇、张大经、吴南生、欧初、吴静山、宋良璧等人。因而，他经常往来于上海、广州、香港之间，尤其是"文革"以后，这种走动就更加频繁。所以，考察谢稚柳与苏庚春交游的时间节点，就大多集中在20世纪70年代后期至80年代。由于没有更多资料可资参证，笔者仅从勤于书信的谢稚柳尺牍中，勾勒出二人交游的大致轨迹，钩沉一段离我们渐行渐远的艺苑往事。

遗憾的是，谢稚柳和苏庚春两人虽然鸿雁往来不断，但真正留存下来的书信却不多。现在所见的往来信札，仅有一通不具年款者，其书文曰：

庚春同志：

过穗遇承多劳并招待，深感！四画并韩英同志一画并已写出，请分别转去，费神之至！欧初同志想已出国，南生同志去京已回广州未？晤时请为致谢！回来忙碌，迄无定性。小病数日，今虽恢复，精神仍不佳也。匆此不尽。

顺颂

暑祺！

稚柳手上，六月六日

文中所言韩英，曾任佛山市委副书记，欧初曾为广州市委书记，南生即吴南生，曾为广东省委第一书记。此信的信息量并不大，大致可看出谢稚柳到广州时所受到苏庚春热情款待的情况。据广东省博物馆同仁回忆，谢稚柳每次到广州，大多由苏庚春陪同从事鉴定、会友、参观或挥毫等艺术活动。此信便可互为印证。谢氏每次至博物馆，必为相关人员挥毫作画，以至于其时包括专家学者、领导干部、书画保管员、装裱工甚至司机、后勤人员在内的博物馆同仁都能得其墨宝，至今仍成为美谈。在广东省博物馆藏品中，就有谢稚柳的《鼎湖山色图》《荷花图》《夏山雨霁图》《草书叶帅游七星岩诗片》及谢稚柳与陈佩秋合作的《梅雀图》，均系谢氏精品佳构，这都是与苏、谢二人的交游分不开的。

虽然现在已难寻谢稚柳和苏庚春两人的直接信函，但在谢稚柳致其弟子吴灏的大量信札中，却能发现不少与苏庚春交游的史料。现考述如次。

大约在1974年，谢稚柳致函吴灏曰：

玉弟：

兼旬以来，病牙至不能饮食，困顿之极，日来已少愈。数书并陈老诗均读悉，经翁令戚来见，惠榴壶手杖及仙人球等并已收到，深谢，深谢。高房山照片亦见及。诸子兹复如左：

（一）经翁及岑君属画，一俟精神稍复即为画寄，望先为致谢。

（二）陈老赠诗拜读深为佩叹。然如此极谦似非所宜，以玩笑而论，于以见此老苍松之健也，命画自当奉请鉴教，亦俟精神稍复报命，并望先为致谢忱。

（三）高房山卷是摹本，其真本遂不知下落矣，作为参考，亦未始非佳事，望转告庚春同志，并致意，照片如仍须寄还，望告知。

弟作徐熙一诗极有趣，昨日子建并携示弟画册页，均佳。其淡绿一图尤清气逼人。

经翁处，望先为致谢。稍缓当并奉书，不一。即颂

近祺！稚柳上，十日。[1]

信中所言苏庚春寄达谢稚柳处的高房山作品图片，是指元代画家高克恭的《云山烟树图卷》，其时为广东省博物馆藏品。该画于1970年被发现，曾送往北京故宫博物院装裱。关于这件作品，当时的鉴定家"认为是明代初期的作品，但也有人认为是高氏的真迹，原因是该卷可能是一分成二，前半段失掉或裁为二件，前半段或会有高氏题识，而此段的款识字迹潦草显然为后人所添，但卷尾的李衎题字看不出是伪作"[2]。而刘九庵在致苏庚春的信札中，则认为"确属少见的重要作品，李衎的题字更为精绝"[3]。"文革"结束后，在清理历史遗留文物时，这件作品按政策退还给了原物主，现在已无从谈论。谢稚柳在信札中，认为此画"是摹本，其真本遂不知下落矣"，俟此画将来若能再面世，或可作一辅证。

1976年2月16日，谢稚柳致函吴灏：

---

［1］ 以下关于谢稚柳致吴灏函，均选自谢定伟编《谢稚柳书信集》（上海书画出版社，2013）。

［2］ 苏庚春：《苏庚春中国画史记略》，广东旅游出版社，2004；亦载苏庚春著，朱万章编：《犁春居鉴稿》，花城出版社，2016。

［3］ 朱万章：《刘九庵尺牍中的鉴藏往事——从一通致苏庚春信札谈起》，载《中国文物报》，2016年10月14日第7版。

玉弟：

手书并画页十页，均已收悉。画页片片珠玉，极妙极妙！视弟去年见赠一册者尤过之也，欣快之极！春节前后，曾发高烧，一星期偃卧不能起。读弟画，为之神爽，真如陈琳之檄也。大致弟画笔，骨格清绝，别有一种情味，诚石涛、青藤所不能囿，创一格深不易，相以见弟进乎技矣。剑花茎如能见惠一些，极好。近上博有一尚同志去广，与苏庚春相熟，可转询其何时回沪，剑花茎可托尚君带沪也（先此致谢）。港中南通书局所出版拙作等，能为觅得一册否？然不勉强也，近精力尚未恢复，弟前委写雪景，容稍缓奉报也。匆复不尽，即颂

画祺，稚柳手上，二月十六日。

信中所言"港中南通书局所出版拙作等"，当为谢稚柳、张珩和罗福颐合著的《中国书画鉴定研究》（香港南通图书公司，1974年4月）。信中提及上海博物馆一尚姓同志到广东省博物馆出差，因其与苏庚春相熟，故即委托吴灏询其归程并捎带剑花茎回沪。1976年4月20日，谢稚柳在致吴灏的信札中谈及苏庚春赴沪之事：

玉弟：

屡接书并已收悉（庚春来，并知近况，剑花亦收到，谢谢）。日来琐琐，多所稽复，弗罪为幸。兹寄上各委件（另寄），美美画孟晋如此，叹为奇绽。画仍寄回，花上粉，已有脱落（画好，应即先托，以免损坏），望即修好，积多便装一册（是为大观），海内今已无人能作此等画也。弟画册亦大佳，茶花、园柳及山水（有渔舟者）数页，尤为绝品，足称三绝矣。近来整理乱资料，前寄来之照相本尚缺三本（上次寄者有两种，一种为二十

片者，一种只有十五片），须二十片一本者，不知尚能请李君再买三本否？我以不识其为人，故与弟商酌，如弟以为如此不致使人感到无厌之求者，则请为我转托之，否则即作罢，弟千万弗为我客气也。近来琐琐，一切无事忙，身心极不适，亦无可如何耳，聊足为知者告。弟近作词，都极有风趣，我所作老拙日甚，难有进步矣。海上连日大风，然天已转暖，庭中花稍稍放，然以去冬过冷，冻死极多也。琐琐不尽，即颂

画祺，稚柳手上，四月二十日。

信中所示，苏庚春此次赴沪，为谢稚柳带去剑花。此年，在一通谢稚柳致吴灏的信札中尚谈及苏庚春赴沪之事：

玉弟：

两奉书。庚春同志来，荷惠物并已带至，至所佩纫李君前所寄册，为数确已足，页数有多少，或出于货源关系，无足多责，然又为辗转另购，尤不安矣！奈何奈何！三词均妙，尤爱其第二首，运思回荡，遣藻清隽，大堪吟讽。美美能有如此领会，诚大难得，手书亦不恶，颇有山谷意，此儿大有前程，亦弟之骄傲矣！为之拍掌称快！近甚安适，无他，终日有许多无事忙为苦耳。闻广州已大热，海上连日春阴，尚须御夹，两地寒暖，相隔乃如此。即颂

唫祺，稚柳手上，七日。

此信并无月份，只知其年份。从信中所言上海、广州"两地寒暖"情况，当为苏庚春四月份赴沪之时。是年5月，苏庚春与广东省博物馆馆长任发生、陶瓷专家宋良璧等再赴上海公干，分别拜访

谢稚柳和程十发等。29 日，谢稚柳在致吴灏信中，提及此事：

　　玉弟：

　　　　接读（弟需何物否？可见告，当讬苏带上也，弗客气）手书，欣快之极！苏庚春来，剑花已收到，此批甚佳也。今年带来有四批之多，惟这一次为大收获耳，笑笑。《宋人画册》事，今日苏来，已告之，彼云即为一办也，弗念。日本相册是用一种塑胶粘纸上去，照片可夹在其中，随时可取掉换，无须贴角也。此种照相簿国内亦有，然既贵，且不好。十二寸者亦不见也。接仙人球，主要是要球之轴心与剑花之轴心对准相接，老嫩相配，如小球，必须嫩剑花，大球又用较老者，又要消毒，切破处发红是未消毒故也。

　　　　词已得如许首，真不易，便可一选成一册，此是第一个阶段（一过程），我看此后将可进入又一程矣。因近来我以为弟作风格在变，渐趋老成也，此亦人生一乐事。从前我觉得词较诗有趣，然以其麻烦，多年遂不弹此调，终以无成。上博最近陈列古代绘画，大可观，庚春回，可一询之。

　　　　匆复，并谢，即颂

　　　　唫祺！稚柳手上，廿九日。

　　从信中大致可获知，苏庚春赴上海差务，顺带为谢稚柳带去剑花，并观摩正在上海博物馆陈列的古代绘画展览。此次苏庚春一行华东之旅逗留时间较长，在 6 月 17 日谢稚柳致吴灏信中，言及苏庚春转赴杭州事：

玉弟：

手书并前寄来黄绢并已收到，近琐琐不得闲，遂稽覆也。苏庚春已离沪去杭，日内当已回穗矣。《宋人画册》仍未买到，据其接洽来告云："无货。"此书我亦为弟几次打听过，均云无。此间古籍书店，究是无货抑不肯卖，容缓缓为弄清之。如无，则无可奈何，否则再为设法耳。我旧有一些参考资料照片，原装一书箱，随时可以检阅，近此箱已无，此项材料，乱堆遂不易取阅。因思整理贴上照相本，故有话。弟打听照相本之事，现估计所需照相本，竟须二十册，数量大，我计算以十五元一册算，则须三百元，拟请李君为购之。然数量大，可陆续寄（不急急）或托人带至弟处，但不知每册所需税费若干，或请弟先嘱买一册，寄至弟处，则可知其税律矣。致其税款，望弟告我，此千万不可客气，否则我不再求弟代办事也。黄绢已为画就，惜身骨较薄，不易承墨彩耳。另寄与此书同时寄出也。两词均佳，手法纯熟，有令人舒展自如之感，近作画多否？恐不免耳，匆匆不尽，即颂

近祺，稚柳手上，六月十七日。

而在此年，吴灏也有函致苏，谈及苏庚春赴沪之事：

庚春兄：

前即云往上海，今未见来取双鱼瓶，料此次办不果行矣。命作小册已写就，殊不佳也。他时将另作一册。谢师函云：其所论《簪花仕女图》一文，在六〇年之《文物》，非在六一年后也。有闲望为弟一捡是荷，有劳清神。崗此致谢，匆匆即请刻安！

弟玉顿首上，即日。

信中"谢师函"即指谢稚柳来信。谈及的《簪花仕女图》一文，实为：《唐周昉簪花仕女图的商榷》，刊载于《文物参考资料》1958年第6期。谢氏全信如次：

玉弟：

上月十九日手书奉悉，近日客来稍多，遂致迟迟为报，惟知者谅之。旬日来，海上转凉，遂有秋意，旧疾又将复起，头目又渐昏眩也。十绝句并枕上胡扯，殊不足道。"燕"是文贵；梅竹两句，如弟所解者；李长吉诗："秋坟鬼唱鲍家诗，恨血千年土中碧。"拙句反用之，以说明徐熙画派之绝迹耳。《簪花》一文，当在六〇年前。《照夜白》只见印本，且多出描补，殊不能定其何代之作（张彦远题名，尊见极是），然非唐画，似可必耳。佳词三阕，格调日变（意在豪放）。自来以苏、辛词为粗豪，所谓"铁板铜琶，唱大江东去"。然鄙意以为豪则有余，然于遣辞研句，未尝不精心刻意，是所谓"粗"则未为笃论也，弟意以为然否？匆复，即颂

唫祺！稚柳手上，十一月二日。

1977年10月12日，谢稚柳致函吴灏，委托苏庚春在北京为其代寻临摹绘画所用之特种绢：

玉弟：

四日手书并三词，并已收悉，至以为快。三词均佳，而以《蝶恋花》《减兰》二首为尤胜。临摹所用绢，今日真成问题。记得从前北京有一种粗生丝，且有黄色者，甚紧密，画时虽拉

笔，然加工掣后可画也。现在北京不知尚有否？试托庚春为一觅之。见询各点，兹奉答如后：《簪花仕女图》与《韩熙载夜宴图》是两种风调；"簪花"用笔雄杰，视"夜宴"为尤古，遂有唐画之讹。然其体形（形象）已与唐有出入矣（《游骑图》亦非唐画）。"挥扇仕女"为唐画，其形象（习性）犹是唐也。《文苑图》与《韩干牧马》，并为宋摹，前诗并已论之。宋徽宗命画院中人向库中提古画临摹，先须立军令状，故有"军令状前笔底传"之句。《百马图》不佳，诚如弟言也。近诗十首，无聊遣怀，聊当消夏寄上。弟看何如，匆复不尽，即颂

唫祺，稚柳手上，十月十二日。

《簪花仕女图》卷已取回，卷高免得寄，当与墨一并带上也。卢泳圻画，并附此书中，望为转呈为感，玉弟。稚柳又及。

1987年，谢稚柳致函吴灏，请吴灏询问苏庚春《上海博物馆藏画集》是否刊载过《雪树寒禽图》原色版之事：

玉弟：

归来倏已旬日，流光如驶，如何不令人白发也（美、裘、泰都好，又及）。三书并已先后递到，就审近况，深为欣慰。赴港讲学，我意如能获得邀请书，似不难成功耳。墨款四十元已收到。归来纷乱，十廾会肃客之中，终日不得闲。日内即为去看（已约好）大致咸同之际墨，可供实用者，当不难觅得也。《簪花仕女图》卷，为人借去，正在查询，收回后即寄上，兹先将《雪树寒禽图》稿寄上。其原色版，记得《上海博物馆藏画集》中发表过，可一询苏庚春同志一查有否。稿上寒禽，则为

原色也。九号未得成行，仍还小岛。而马国权兄适来，据云彼将调香港大公报负责《艺林》也。师母衣服事，我说不清，由她自己写信，告诉弟。又弟诸画已付装，惟日期可能要稍长，因裱手忙耳。匆匆不尽欲言，即颂

　　春祺，稚柳手上。

1989 年 6 月初，苏庚春赴上海。谢稚柳致吴灏信中言及，全信如次：

玉弟：

　　屡接手书，就审一是，东游归来，困顿忙乱，无有甯时，奈何奈何！弟近行期有定否？诸画尚未裱成，以此人患胃病甚久，顷始稍愈，已再三催促，从速裱出，一俟就后，当即寄上也，庚春新自上海回，想已见及。上次所拍画以过小不令制版。昨日庚春同志来书，谓已由其与梁纪弟日内即为拍出。不知马国权之《丹霞》一图，尚能拍到否？望与苏、梁一商洽办，费神为谢。匆匆不多及，顺致

　　画祺！稚柳手上，六月八日。[1]

据信中所知，谢稚柳委托苏庚春为其作品拍照。而在此年，苏庚春亦有书信致谢稚柳，可惜现已阙如，无从知其详情。

在谢稚柳致吴灏信札中，尚有两通未详年款者，均谈及苏庚春：一通书于七月一日："庚春同志来，偶与谈及有去广州旧游之地，然以不打扰朋友为原则，然看来不可能"；一通书于三日："庚春同志

---

[1] 郑重：《谢稚柳系年录》，上海书店出版社，2009，193 页。

谢稚柳为苏庚春作《桃竹双清图》斗方

时晤见否？日内仍忙乱，一切容续日不尽。"据此均可见二人交游之点滴。

　　在信函中所见零星的往事之外，在现存的谢稚柳书画中亦可见其二人交往的印记。1976年初夏，谢稚柳为苏庚春夫人张沛之所作《红梅图》题词："张蕴贞红梅图，丙辰初夏，稚柳题"，钤白文方印"谢稚"和朱文方印"稚柳"。[1] 1979年春初，谢稚柳为张沛之绘《众香》册页，计有水仙、梅花等十种，并题识曰："己未春初为蕴贞苏大嫂写此十叶，稚柳作于广州"，钤白文方印"谢稚"和朱文方印

[1]　苏庚春、张沛之：《暮趣墨缘——苏庚春张沛之书画集》，广州出版社，1997，13页。

1982 年，谢稚柳为苏庚春题写《春雨楼》横幅，纸本，30×71 厘米

"稚柳"。1982 年岁首，谢稚柳为苏庚春作《桃竹双清图》斗方，题
识曰："庚春同志属正，壬戌岁首，壮暮翁稚柳。"钤白文方印"稚
柳"。1982 年春月，谢稚柳为苏庚春题写斋额"春雨楼"，书文曰：
"春雨楼，庚春老弟属书，壬戌春月，稚柳。"与此同时，谢稚柳尚
在广州南湖为苏庚春作《芙蓉竹石图》，其题识曰："庚春同志属正，
壬戌春初，壮暮翁谢稚柳在南湖。"在不具年款的作品中，谢稚柳尚
为苏庚春作《水墨白荷图》，并题识曰："庚春同志属正，稚柳。"钤
白文方印"谢"和朱文方印"稚柳"。很显然，二人的书画酬酢远不
止于此，此乃仅从笔者所过眼或梳理的书画中略见其缩影。

维系两位鉴定家密切关系的当然还是和书画鉴定相关的事务。
1979 年，广东藏家吴南生所藏一件无款的山水画，其时鉴定家有定
为明初者，也有定为宋元者。后由苏庚春将此画带往上海装裱并请
谢稚柳鉴定。谢稚柳在画的右下角发现了"熙宁辛"三字，遂将此
画确定为北宋人所作，并在诗堂题识曰："北宋人《群峰晴雪图》，此
图风格特为温润，为北宋所罕见，殊足珍焉。右下有熙宁辛三字尚

北宋人《群峰晴雪图》（谢稚柳题诗堂），绢本设色，114×48.2厘米，广东省博物馆藏

存。案熙宁有辛亥，此盖四年也。己未初夏，稚柳鉴题"，钤白文方印"谢稚柳"、朱文方印"壮暮父"和朱文长方印"壮暮堂"[1]。此画后来由藏家于90年代初捐赠给广东省博物馆收藏，成为该馆的镇馆之宝。这当然是少不了谢稚柳一番功劳的。

1983年，在国务院副总理谷牧以及中宣部部长邓力群的支持下，文化部文物局重新组建了中国古代书画鉴定组，由谢稚柳、启功、徐邦达、杨仁恺、刘九庵、傅熹年、谢辰生等七人构成。据闻，该鉴定小组原为八人，另一人为苏庚春。因苏庚春此时被诊断出患有糖尿病，恐全国各地巡回鉴定、舟车劳顿，身体吃不消，遂婉言谢绝。苏庚春虽然没有参加鉴定小组在全国的鉴定，但从1988年11月23日起至次年1月，鉴定小组的谢稚柳、启功、杨仁恺、刘九庵、傅熹年、谢辰生等人在广东地区的鉴定中，他几乎全程参与陪同。在鉴定期间，谢稚柳画展于1988年12月28日在广州集雅斋举行，该展览的成功举办，有赖于苏庚春的大力协助。在展览开幕当日，苏庚春会同杨仁恺、关山月、黎雄才及吴南生夫妇等均到场祝贺并参观。[2]此外，在例行的鉴定活动之余，一些零星的资料记载显示出苏庚春与鉴定组成员在广州的活动情况：12月22日，广东省博物馆设宴接待中国古代书画鉴定组成员，苏庚春与黎雄才、黄苗子等人参加；12月29日，广东省鉴藏家协会在广州成立并举行藏品展，苏庚春协同鉴定组成员及广州的吴南生、欧初、谢志峰、陈雨田等人出席并合影留念；12月31日，吴南生在广东迎宾馆设宴接待中国古代书画鉴定组成员，苏庚春及广东省政协几位副主席陪同参加。

---

[1]《千年风雅：广东省博物馆藏宋元以来绘画精品集》，岭南美术出版社，2015，2页。

[2] 杨仁恺《中国古代书画鉴定笔记（柒）》，辽宁人民出版社，2015，3243页。

1988年12月，中国古代书画鉴定组来广东巡回鉴定，时摄于广州白天鹅宾馆，左起：吴美美、刘九庵、启功、谢稚柳、吴子玉、饶北全、苏庚春夫妇（吴泰摄）

在现有的影像资料中，尚可见一张苏庚春与谢稚柳、刘九庵、启功、吴子玉、吴泰、饶北全、吴美美等于白天鹅宾馆合影留念的照片，时间为1988年12月，据此时间推断，当为鉴定组在广东鉴定期间所摄。

1997年6月1日，谢稚柳在上海病逝，远在京城度假的苏庚春即时致函笔者，嘱咐我以他个人名义并会同广东省博物馆一道发去唁电慰问其家属。1998年11月，上海博物馆编辑出版谢稚柳纪念文集，苏庚春随即写下了一篇《颂谢夫子画艺》，以纪念故友："江苏常州是江南名城之一，是个画家辈出的地方。谢稚柳老师就是在这个名城出生的。少年时他醉心于明代陈老莲的画，正如他的诗中所述：

'春红夏绿遣情多，欲剪烟花奈若何。忽漫赏心奇僻调，少时弄笔出章侯。'中年画风一变，不是步着前人的后尘去依样画葫芦，而是崇尚明人沈、文、仇、唐，又直抵宋人。经过一番艰苦的探索，终于觅着了燕文贵、董源和巨然的画技，吸收了董、巨的布局章法，用灵活变化的方式，虽浓重却清润，既兀山大岭，又淡墨平远，从古中来又不泥古不变，创出了自己的新风格。在将近晚年时，他开始热心于北宋徐熙的落墨法，不断精心探研，画风由工笔细写，转向粗笔奔放，色彩由明净单纯，进入墨彩交融的境界。他那独特风貌，有酒香扑鼻，醋墨横溢之趣，真不愧是大家之手也。"[1]该文虽不乏溢美之辞，但其情真意切的山阳之感，却是跃然纸上的。

谢稚柳和苏庚春的交游酬和，是20世纪50年代以来书画鉴定家学术活动的一个侧影。虽然由于资料的阙如，且很多当事人已经不在，对于他们的详细艺术活动已经无法准确、详细地呈现，但仍然可以窥一豹而知全身，大致了解20世纪以来书画鉴定的学术史。毕竟他们离我们的时代并不遥远，相信随着资料的进一步挖掘，有关他们的书画逐渐出现在公众视野中，关于谢稚柳和苏庚春们的书画鉴定活动、艺术历程会愈见清晰。这对于我们研究与洞悉20世纪以来的书画鉴定学无疑是意义深远的。

　　　　　　　　　　　2017年4月15日于京城之景山小筑

　　　　　　　　　　　（原载《书与画》2017年第11期）

---

[1]　上海博物馆编：《谢稚柳纪念集》，上海博物馆，1999，92页。

便条中的书法之美

谢稚柳致朱泽信札

在当代书画鉴定家中，谢稚柳可能是留下信札最多的一个。大凡与他有过交往者，无不存其手泽，以故无论在拍卖行还是书画收藏家手中，都不时见其信札。他所写信札，往往随意而为，不拘成法。所用之信笺，也多因地制宜，并无考究：或绘画用纸的边角料，或包装物品的牛皮纸，甚至用过的信封背面等。当然，也有不少是有朱丝栏或乌丝栏的竖写信笺。书写工具也是不拘一格，有毛笔，也有钢笔，偶尔还能见到圆珠笔或铅笔。无论哪种载体，零缣断楮，均曲尽其性，清润雅丽，体现其深厚的学识涵养与笔墨情趣。从其致朱泽的短札中即可窥其一斑。

该信之信封并无邮戳，上书"烦交徽州专区革委会朱泽同志，谢托"，据此可知当是托人转交的一封信，并无经过邮局。书信全文曰：

朱泽同志：

去岁在昭秋同志处相聚，至以为快。兹有广州工艺美术研究所梁纪同志偕同事将至黄山写生，路过屯溪，特嘱其奉候，

谢稚柳致朱泽信封

幸荷赐予便利，尤为感荷。

顺致

敬礼

谢稚柳　拜上

四月十二日

朱泽为安徽省文联原秘书长，曾与赖少其、陈登科、那沙、鲁彦周、江流、王影等同为安徽省文联的党组成员，长期从事文化工作，与文化界名流多有交游，在诗书画方面也有很深的造诣。赖少其从安徽退休回到广州定居后，曾与其多有书信往还。在苏庚春、

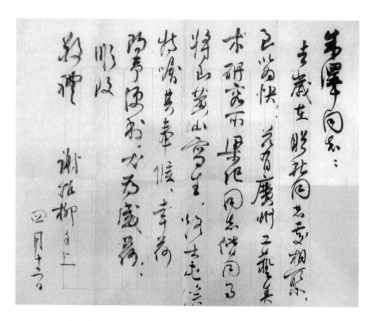

谢稚柳致朱泽信札

谢稚柳、徐孝穆、唐云等人的信札中，经常可见他的名字。他是活跃于安徽地区的美术活动家，与全国书画界名家均有往来。笔者曾见一通谢稚柳致徐孝穆的信札中提及："孝穆兄：手书奉悉。朱泽画可即画就，然今日已十四日，见此书后，不知来得及取去否？即颂近祺！谢稚柳，十四日。"可知朱泽通过徐孝穆向谢氏求画，三人同属一个朋友圈中。信中"昭秋"，资料阙如，术详是何人，但在谢稚柳1974年书《沈尹默词五首手卷》中，曾有如下题记："右诗词五首为沈尹默先生所作，其前四首则为一九六六年六月三日在杭州所作，写寄一平、同生、苏平、漫之、昭秋诸同志。时先生正养疴西湖，先是先生并有所作词八首，亦先此写寄诸同志，留在同生同志处，则今已不可寻觅矣。""一平"为王一平（1914—2007），原名王炳真、王一萍，山东荣成人，历任上海市委原书记、上海市人民政府副市长等；"漫之"为曹漫之（1913—1991），字符鹏，山东胶东（今平度）人，历任西泠印社顾问、上海市民政局局长、华东局副秘书长、上海政法学院副院长等。据此可知，"昭秋"当为与谢稚柳、沈尹默等熟稔的官员或美术活动家。

该信并无年款，信封称谓中"徽州专区革委会"全称为"徽州地区革命委员会"，是在"文革"大背景下，成立于 1968 年 7 月 7日的行政单位。1971 年 3 月 29 日，"徽州专区"改为"徽州地区"。1979 年 2 月 27 日，"徽州地区革命委员会"改为"徽州地区行政公署"。因此，大致可以推断，此信的书写时间当在"文革"期间，最晚为 1979 年初。据此信收藏者言，该信直接来自信中提及的梁纪。从信的内容看，当是谢稚柳托梁纪带便条给朱泽，但不知何故，此信可能至今未到过真正收信人手中。梁纪（1926—2017），别名方纲，广东佛山人，曾任广州市工艺美术研究所副所长，是谢稚柳在广州的弟子，长于花鸟画，兼擅山水，其花鸟画中工整细致部分与谢稚柳早期画风极为接近，近年开始画一些写意花卉、山水小品，愈老弥坚，出版有《梁纪传统工笔花鸟山水作品集》《梁纪画集》等。因其与先师苏庚春交善，故笔者在整理编辑苏庚春遗著及年谱时，曾多次采访他，谈及与谢稚柳、陈佩秋、苏庚春、黄胄、启功、王兰若等书画名家交往情况，也曾为拙画题写诗堂"一葫一世界""葫小乾坤大"等。

该信和谢稚柳一贯的书写风格一致，在恬淡中概见其潇洒落拓的笔性。谢稚柳书法远师唐代的张旭，于《古诗四帖》取法尤多。在书法和绘画方面，对晚明的陈洪绶更是情有独钟。据苏庚春言，"谢稚柳"的名字与"陈老莲"（陈洪绶）是一个绝对，或可见谢稚柳对老莲的心仪之意。据郑重编《谢稚柳系年录》言，1930 年，年仅二十一岁的谢稚柳在中央博物院举办的古代绘画展览中看到了陈洪绶的真迹，兴奋地说："找到了真正的老莲。"并积聚钱买了一张陈洪绶的《梅花》；1934 年，谢稚柳还撰写了《陈老莲》一文，详细介绍陈洪绶的生平事迹及艺术成就。因此，无论是书法还是绘画，谢稚柳自幼便对陈洪绶浸淫尤深，在其作品中体现出的陈洪绶风貌就最为明显。该信的书写时间虽然已是谢稚柳年近古稀之时，但笔意中仍可见老莲的影子。正是这种挥之不去的痕迹，再加上其发自肺腑的学问文章之气，成为谢稚柳回味无穷的书法之美。

丙申冬月廿六日于京城景山小居

（原载《收藏》2017 年第 4 期）

画派域外有继人

赵少昂致黄硕瑜信札

    赵少昂（1905—1998）是"岭南画派"创始人高奇峰（1889—1933）弟子，原名垣，字叔仪，广东番禺人，与周一峰、张坤仪、叶少秉、何漆园、容漱石、黄少强等同为高奇峰门下"天风七子"，又与"岭南画派"第二代传人关山月、黎雄才、杨善深并称"岭南四家"。笔者虽多次在广州、香港等地目睹其风采，但并未有过直接交往，倒是与其弟子——加拿大的黄硕瑜及美国的周千秋、梁粲缨夫妇等多有往还。记得在 2003 年，笔者奉命赴美国迈阿密接收周千秋夫妇捐赠书画时，与旅美华人画家多有接触。他们一谈起中国画，往往便说到"岭南画派"；而一说到"岭南画派"，自然便会谈及赵少昂。其原因在于此地的华人画家多移民自粤、港、澳，大多受其教泽，故对赵氏画风赞许有加，据此亦可见其桃李满天下，其影响之广，远胜于同辈的其他岭南派画家。

    长期旅居加拿大的华人画家黄硕瑜便是赵少昂海外弟子之一。黄硕瑜名锡儒，1941 年出生于广东台山，毕业于香港工业专门学院（现为香港理工大学）美术设计科。曾先后师从梁伯誉、赵少昂等，1975 年移民至加拿大多伦多，并在加拿大开办"嘉华画廊"，以绘画、教学与书画经营为生。20 世纪 90 年代，经先师苏庚春引介，笔者和黄硕瑜相识，并于 2001 年在广州为其策划画展。此后，笔者与往返于多伦多和广州的黄硕瑜交游频繁，多次为其梓行画集撰文绍介。近日，笔者得黄氏赠其所藏赵少昂来函一通，遂不揣谫陋，捉笔以纪其师生情缘。

赵少昂信札发自香港九龙，系专门印制的赵氏专用英文航空信封，邮票为英国女王头像，面值为港币贰圆，邮戳显示时间为 1977 年 10 月 19 日下午 4 点。信札全文曰：

锡儒仁弟如晤：

　　学生何康德为康南海先生外孙女，亦为杨善深高足，曾在台湾各地举行画展，顷来加观光并欲□贵画廊举行个人画展，是否可行？望予接洽至盼。

　　此介并颂

时祺！

赵少昂匆匆
十月廿九日

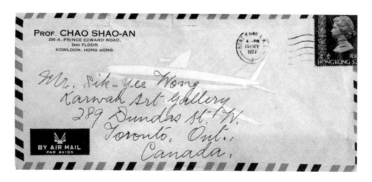

赵少昂致黄硕瑜信封

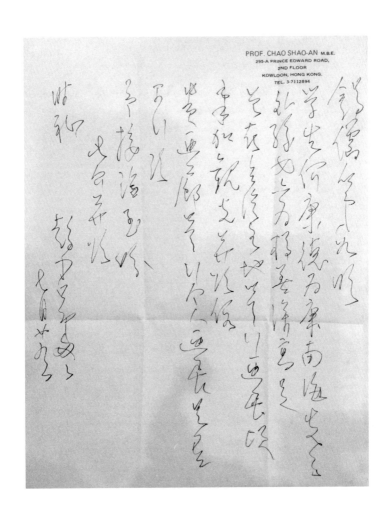

赵少昂致黄硕瑜信札

因邮戳时间为 10 月 19 日，故此信落款之"十月廿九日"应为"十九日"笔误。信中何康德，乃康有为（1858—1927）七女康同环（1907—？）之女，号破烦斋主，广东番禺人。康同环为康有为二夫人梁随觉女，1907 年生于瑞典，1933 年与何永乐结婚，育有子女三人，分别为长女何康德、次女何康仪和幼子何康乐。康同环曾跟随康有为弟子徐悲鸿（1895—1953）习画，其夫（也即何康德之父）何永乐为政经界人士，公余之暇，亦擅书画。故何康德从小便在这样的家庭中耳濡目染，继承其家学传统。

何康德师从赵少昂习花鸟，从杨善深（1913—2004）习花卉、翎毛、走兽及山水等，因此从艺术谱系看，当属于"岭南画派"的再传弟子。她同时跟随曾希颖学诗词，从冯康侯（1901—1983）习书法篆刻，是一个具有多方面艺术才能的传统画家。又擅画山水、花鸟，曾于 1983 年出版《何康德画集·第一辑》。该画集由杨善深题写书笺，潘小磐作序，赵少昂、陈荆鸿（1903—1993）和黎心斋题诗，胡凯评为其画像，其师赵少昂为其题"六艺同功"四字，以示褒扬之意。画集收录山水、花卉、马、鱼、虎、鸡、鸭等各类题材绘画数十件，其山水颇类赵少昂，而花卉、禽鸟、鱼等则与杨善深风格较为接近。

近日读香港许礼平先生馈赠之新著《旧日风云》，其中也谈及何康德："还有一位早已移居加拿大，近年经常在香港画展会、拍卖会遇到的女画家何康德小姐，其母亲是康南海千金康同环。十多年前，李乔峰丈介绍相识时，我已猜出几分她应是康家的人了。徐悲鸿早岁尝画《康南海六十行乐图》，图中众女眷形象与何康德形神相当一致。"其他关于她的情况，便不甚清楚。为撰写此文，笔者专门致电香港许礼平氏，他说数月前还在香港见过她，如有机会可让她直接与我联系，以便了解更详细的资料。后来，笔者再求助在香港中文大学攻读博士学位的学生陈文妍。她在香港的图书馆及网路查询相关资料，获悉何康德女士以下史料：她于 1986 年定居加拿大满地可城（即蒙特利尔）；陈荆鸿曾题其画云："丹青妙笔，转益多师，颇忆东坡诗句好，淡妆浓抹总相宜"；与程十发等画家亦有交游；有一个叫谭力勤的于 1988 年在加拿大蒙特利尔写过一篇《飘逸融雅微，意明唤笔透——论何康德女士的国画艺术》……虽然这些只是碎片式的记录，却也为我们了解何康德提供珍贵的资料。

　　值得一提的是，在赵少昂写此信的前一日，还专门为黄硕瑜写了一封举荐信，其内容如次："黄锡儒仁弟品德端正，天份过人，从予习画多年，毕业于天苑美术科，颇有心得。其作品曾在港举行画展多次，极受各界人士推许。因特专函，谨为推荐。一九七七年十月十八日，赵少昂于香港岭南艺苑。"因其时黄硕瑜初来乍到，在多伦多人生地不熟，故需要像赵少昂这样在华人圈中德高望重者撰写推荐信，以便能尽快融入当地华人美术圈。信中谈及"从予习画多年"，据黄硕瑜先生言，他在香港期间追随赵氏习画，同时还跟随其学裱画。赵氏习惯将两张宣纸裱在一起，俗称"托底纸"。有意思的

赵少昂（右）与黄硕瑜

赵少昂题黄硕瑜《花鸟图》

是，赵氏特别喜欢黄硕瑜裱的"托底纸"，每次拿到此纸，必即兴作画一幅回馈黄氏，并向其他弟子推荐此纸。所以，裱画成了黄硕瑜书画创作之外的一大特技，在他定居加拿大后，因异国他乡，裱画不易，他便自己动手，解决了这一难题。当然，他同时收藏的赵氏书画也不少，在1991年华东地区遭受水灾时，他还捐出赵少昂、谢稚柳等人画赠给他的作品，筹得善款，支援灾区。从黄硕瑜的画风可以看出，其早年的山水和花鸟受赵氏影响，中晚年以则已逐渐形成自己风格。尽管如此，在其画中，仍然能感受到赵氏明显的痕迹。1983年，赵少昂还为黄硕瑜花鸟画题写"闲心烟霞境"，概括其意境，可见其嘉许之意。

信中提及之"岭南艺苑"，为赵少昂于1930年在广州所创办，其功能具有私立美术院校、画廊、画室和私塾性质。后来由于抗战事起，其活动时断时续。1948年赵氏移居香港后，便在香港重设"岭南艺苑"，继续从事教学与创作活动。赵氏很多弟子都是从这里走出去，扬名天下，其中自然也包括远走加国的黄硕瑜。徐悲鸿曾有诗赠赵少昂云："画派南天有继人，赵君花鸟实传神。秋风塞上老骑客，烂漫春光艳羡深"，称赵氏为"岭南画派"的传人。如今，黄硕瑜传承了赵少昂画风，成为"岭南画派"在异域的第三代传人。我想，借用此句，用"画派域外有继人"来称之，或许是再恰当不过了。

（原载《收藏》2016年第7期）

《艺苑掇英》结下的翰墨缘

邓白、龚继先致苏庚春、宋良璧信札

在书画鉴定家苏庚春友朋中，龚继先完全是因为工作关系而与其交游。龚继先本为北京人，1939年生，1963年毕业于中央美术学院中国画系，随之南下上海，供职于上海人民美术出版社，历任编辑、副总编辑、总编辑等，从事美术图书编辑工作。他在任期间，

主持编辑出版大型古书画丛刊《艺苑掇英》，其作品大多以各地博物馆藏品为主。正因如此，他与时任广东省博物馆书画主管的苏庚春结识，并有书信往来。

现在所搜集的资料，仅有一通龚继先致苏庚春信札。遗憾的是，信封已遗失，只有一页素笺。信笺乃"上海人民美术出版社"红色字体公函纸，书文曰：

庚春先生：

　　久未见面，十分悬念，想近来一切均佳，以后有机会当再赴广州畅叙一切。拙作拖欠过久，至歉！现寄上请指教。我近几年来工作极忙，未能寄信问候，请原谅，代问师母好，并向馆内诸同志问好。

　　即颂

冬安！

龚继先

11.22

丙申夏月，为寻访龚继先与苏庚春交游的史料，笔者利用在苏州参加"艺术与人文：第二届中国美术苏州圆桌会议"之际，专程前往上海，在收藏家史军萍兄的引介下，前往位于普陀区长寿路的龚氏寓所拜访。经龚继先先生回忆，他与苏庚春先生最早认识大致在 1980 年至 1981 年间，当时因为编辑《艺苑掇英》广东省博物馆专辑，他和工作团队专门到广东省博物馆，与其接洽的便是苏庚春。因两人都是北京人，又都喜爱书画，也就一见如故。龚继先在苏庚春等人引导下，一并到库房去挑选馆藏画作。一开始挑了一百多件，他们带着摄影人员，挑好的都拍照，回去之后编辑，最后精选

上海人民美術出版社

庚春先生：

　　久未见面，十分悬念。想6来一切
均佳，以后有机会当再到广州叙畅叙
一切。拙作拖欠过之无数！晚
亭上清指教。我近几年来工作极
忙，未能安怀向候，请鬼谅。代向
川师母好 并向经内诸位问候。

　　　　　即颂

　近安

　　　　　龚继先
　　　　　11·22

龚继先致苏庚春信札

了四十多件，出版了《艺苑掇英》第十四期。按照当时挑选的原则，一是选馆藏精品佳构，主要看名头，大多为国家一级文物，如南宋陈容的《云龙图》、明代林良的《松鹤图》《双鹰图》、吴伟的《洗兵图》、唐寅的《秋坪一局图》、徐渭的《竹石图》等；一是选具有地域特色、人无我有的粤画，如明代颜宗的《湖山平远图》，清代黎简、谢兰生、苏六朋、苏仁山、居巢、居廉等人画作及少量书法家如明代陈献章、湛若水、何吾驺，清初"岭南三家"（屈大均、陈恭尹、梁佩兰）等人的作品。该专辑还刊登了苏庚春的《陈容〈云龙图〉》、宋良璧的《茅君颇用事，入手称神工——介绍陈献章书法》等四篇文章。无独有偶，在龚继先致宋良璧函札中也谈及此事：

　　老宋同志：

　　　　您好，来信收到，关于陈白沙《种蓖麻诗》卷一文，当遵嘱改正，请放心。我们刚刚从杭州返沪，主要是拍摄浙江省博藏品，广东省博一期将如期于 6 月份发稿，国庆将能见书。

　　　　陈同志拟索拙作，当画好奉上，可惜您信上名字写的不清楚，望于便中告知，以便书款。

　　　　祝

　　夏安！

　　　　　　　　　　　　　　　　　　　　　　　　龚继先

　　　　　　　　　　　　　　　　　　　　　　　5.5（日）

宋良璧（1929—2015）为陶瓷鉴定专家，河南平西人，长期供职于广东省博物馆，从事陶瓷鉴定、收藏及研究工作，主编有《广东省博物馆藏陶瓷选》，著有《古陶瓷研究论集》等。龚继先编辑《艺苑掇英》广东省博物馆专辑时，宋良璧时任广东省博物馆保管部

上海 **人民美術出版社**

老宋兄：

信悉，来件收到，关于陈白沙《种
蕉帖》卷一文书尊修限已清结人。

科海例人从杭州返沪，多要送材
搞沙纪君性品品，广东君性一期
将如期于6月份完稿。周兄已报也主。

陈兄已批字挂件，专函格尊上与尊
复样上音学学心不情甚，专于便中
告知以便查款。

此致

敬礼

龚继先
5.5.10

龚继先致宋良璧信札

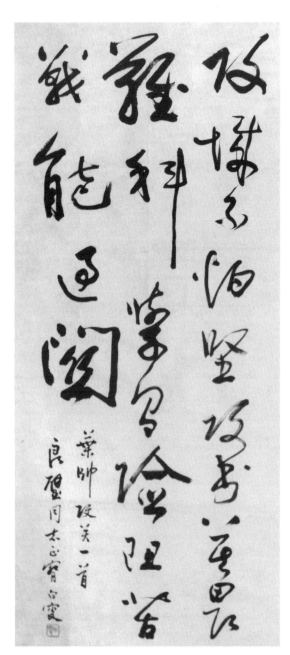

主任，故他和苏庚春一并接待龚继先，并甄选馆藏画作，是其工作职责所在。该专辑刊登了明代广东书法家陈献章的草书《种蓖麻诗》卷，并配宋良璧撰写的专文。专辑出版的时间是1981年10月，正好与此信互证，据此可知此信书写时间当为1981年。但致苏庚春的信札时间则不可考，从内容看，当为第一次编辑《艺苑掇英》后所写，其大致时间当在1981年或之后。

有意思的是，龚继先致苏庚春和宋良璧信札中均谈及"拙作拖欠过久""陈同志拟索拙作"诸事，因龚继先在美术编辑之外，同时还是一个专职画家，故与苏庚春、宋良璧等人多有书画相酬。龚继先曾师从李苦禅、李可染、叶浅予、王雪涛诸名家，擅写水墨大写意花鸟，同时兼擅工笔花鸟及指画，出版有《龚继先画集》《龚继先小品集》《怎样画荷花》《上海市文史研究馆员书画系列丛书·龚继先》《龚继先画传：我爱故我画》等数种。笔者在其画室，便见墙上悬挂其指墨设色葫芦大轴，恣肆淋漓，颇有白石遗韵。宋良璧曾收藏龚继先两件花鸟画，一件为《红叶小雀》，龚氏题识曰："良璧老师正，继先作"，钤白文方印"龚"，所绘红叶、绿竹、寿石和小雀，笔墨简洁，清新自然；一件为《双鹤图》，龚氏题识曰："栖息绿荫舒浩气，乘时奋翼任凌霄。己未秋仲，继先作于沪上"，钤白文方印"龚"。此画作于1979年，所绘两鹤立于丛草中，旁有盛开之凌霄花，笔简意绕，风神独具。据宋良璧回忆，前者系龚氏画赠，后者乃以优惠价（大约人民币150元）购自龚氏。

据龚继先回忆，在第十四期专辑出版后四年，他们再次赴粤，在苏庚春、宋良璧协助下，再次进库与苏等人一道挑选藏品，精选了五六十幅，于1986年9月出版了《艺苑掇英》第三十三期。本期主要以明清绘画尤其是清代绘画为主，其作者有边景昭、夏昶、林良、陈洪绶、陈道复、徐渭、张宏、华岩、黄慎、罗聘、郑燮、郎世宁、居廉、吴昌硕等人，同时兼及近代"岭南画派"创始人高剑父、高奇峰、陈树人等。专辑还配了一篇邓白的《从广东省博物馆藏品看明清花鸟画的发展：简论岭南画派的艺术风格》一文。同样，此事在李书锐致宋良璧信札中也谈及：

> 良璧同志：
>
> 　　二十二日函敬悉。关于文稿请浙江美院邓白同志撰写，很好。我社很多同志系他的学生，同我社交往颇深。此事我近日即专程前去拜访，同时带去专辑的全部小样照片，冀能获得他的支持。贵馆亦请直接备函恳商。
>
> 　　耑此函达。即颂
>
> 近祺！
>
> 李书锐
> 二十七日

邓白（1906—2003）为古陶瓷研究专家、美术理论家和花鸟画家，号白叟，别字曙光，广东东莞人，时为浙江美术学院（现为中国美术学院）教授，出版有《邓白全集》《历代陶瓷纹饰》《赵佶》《马远与夏圭》《美术文集》《邓白画集》等。因其为广东人，故一直以来与广东省博物馆苏庚春、宋良璧等人保持着良好的工作关系，曾捐赠自己所作花鸟画给广东省博物馆收藏。有趣的是，在1985年7月25日邓白致致函苏庚春、宋良璧中也谈及撰文之事：

> 庚春、良璧同志：
>
> 　　惠函拜读。白近因工作冗忙，会议又多，加上整党学习，故久未函侯。前嘱为贵馆作画，迄今仍未能动笔，顾此失彼，

上海人民美術出版社

良璧同志：

二十寄函敬悉。关於文稿请浙江美院郑向同志撰写相托。我社知多同志不保他的学生、同我社、又社颇深。此事我已日即寄程前去拜访，同时带去专辑的全部小样四片。甚能蒙同他的支持。贵館尚请函联商。尚此函述、即致敬礼！

李书锐 二十七日也

李书锐致宋良璧信札

邓白为宋良璧绘《梅雀水仙图》

殊以为歉！

东莞今年荔支（枝）丰收，县委多次来电来函，邀我回乡欢聚，但因蝟务所羁，不能如愿，颇引为怅。

欣悉你馆今年计划出版《艺苑掇英》，需要一篇综合性文章，并嘱为撰文，自当遵命照办。对于该书的详细内容，来信没有谈及，故特提出下列几点意见，望即赐复：

1. 拟出版的《艺苑掇英》，是否和上海人美所出的同名画刊内容性质、版面大小以及印刷条件基本相同？

2. 上海出的《艺苑掇英》主要是画册，以画为主体，只有很少量的简略介绍和说明。如果要写综合性的文章，有什么要求？字数有无限制？是逐一介绍还是重点论述？

3. 该书所选的花鸟画，是古代的或包括近代在内？作者是全国性的，抑或仅属于广东的画家？

4. 如系画册，请把所选的作品照片寄来一阅，每个作者最好有简介说明（包括年代、籍贯及生平简况）以供参考。用后即可寄还。

5. 什么时候交稿，亦请示知，以便安排时间动笔。

匆复，顺颂

暑安！

邓白拜启

1985.7.25

邓白此信有具体年款，据此可推出上述龚继先致宋良璧信札也当为1985年。信中所提出的五个问题，虽然我们没有机会看到苏庚春、宋良璧的复函，但从已经出版的这一辑《艺苑掇英》中，已可得出答案。邓白此文，除刊登在《艺苑掇英》外，后来还收入到他

庚春
良璧 同志：惠函拜读。白近因工作凡
忙，会议又多，加上整党学习，故久
未函复。蒙嘱为贵馆作画，迄今仍未能
劲笔，顾此失彼，殊以为歉！

东莞今年荔支丰收，吴婆多次来电来函，
邀吾回乡欢聚，但因惜别所霉，不能如
愿，废然引为憾。

欣悉徐馆今年计划出版《艺苑撷英》
需要一篇综合性文章，並嘱为撰文，自
当遵命照发。对于读书的详细内容，来信
没有谈及，故特提出下列几点意见，望即
赐复：

1. 拟出版的《艺苑撷英》，是否和
上海人美所出的同名画刊内容性质，版面
大小以及印刷条件基本相同？

邓白致苏庚春、宋良璧信札

2、上海出的《艺苑掇英》主要是画册，以画为主体，只有很少量的简略介绍和说明。如果要写综合性的文章，有什么要求？字数有无限制？是逐一介绍，还是重点论述？

3、读书所选的范畴是限于古代的或包括近代在内？作者是全国性而，抑或仅属于广东的画家？

4、如系画册，请把所选的作品照片寄来一阅，每个作者最好有简介说明。（包括年代、籍贯及生平简况）以供参致。用后即寄还。

5、什么时候交稿，也请示知，以便安排时间动笔。敬复，顺颂

暑安！

邓白拜复

1985. 7. 25.

浙江美术学院　　20×20=400　　第　页

邓白致苏庚春、宋良璧信札

的《美术文集》和《邓白全集》中。文章以该辑所刊广东省博物馆藏品为例，阐述了明清花鸟画演进的历程，尤其对居巢、居廉、高剑父、高奇峰、陈树人等人为代表的岭南地区绘画风格作了详细论述，成为后人研究这一领域必读的参考文献。在本年12月初，邓白很快写好文章并寄给出版社，但等到次年8月，《艺苑掇英》尚未付梓，所以在邓白致函宋良璧的另一封信中再次提及：

良璧同志：

久未奉候，近况谅当佳胜。惠函及您馆所赠的《广东省博物馆藏画集》，均已得收，拜读之余，获益不少。您馆藏品丰富，名作甚多，能印成专集以广介绍，对于发扬我国传统艺术，促进精神文明建设，无疑是一项很有意义的贡献。请代向您馆领导致以衷心的感谢！

关于《艺苑掇英》，拟出一期您馆所藏的花鸟画专刊，曾由李书锐同志前来约我撰文介绍，当时要稿很急，早在去年12月初，将拙稿寄去，但迄今已半年多仍未见出版，不知是什么原故？目前出版工作，十分拖沓，效果又差，颇令人失望，越是专门著作，越难发表，只追求经济效益，一些精装大型画集，实在购藏不起。

我已多年没有回来了，今夏本拟返广州一行，看看故乡的发展新貌，但我院正在此时进行评定职称工作，又被拖住，无法摆脱，一直开了个多月会，未能成行。且杭州天气酷热，甲于全国，比武汉、南京气温更高，什么事也不能干，只好参加浙江省委组织部的老干部避暑活动。至前天天气转凉，方始回家，不仅欠下大量画债，而且还欠下一大堆信债，可笑得很！

由于工作冗忙，会议太多，总无法安静下来为您馆作画，又不能草草塞责，以致久未能画成寄上，万分歉咎，只好请求原谅了。今冬争取回粤，小住一段时间，闭门谢客，略清画债，届时必为您馆创作一幅比较满意的作品。至于您要的册页，亦当在同时画成呈教，希勿为介。

苏庚春同志处希代致候！曾光亿同志已出国否？便盼告知。炎暑尚厉，诸维珍摄。专复

顺颂

暑安！

邓白

1986.8.27

信中讲到，邓白文章交稿后，《艺苑掇英》迟迟未出版，所幸在写此信的第二月，即1986年9月，该专辑便已出版。邓白言及彼时出版行业尤其是美术出版方面，一味追求豪华精装的"高大上"现象，比今日有过之而无不及。信中提及之《广东省博物馆藏画集》，于1986年由文物出版社梓行，苏庚春撰写专论及画家说明词条，是第一本全面介绍广东省博物馆所藏绘画精品的画集。邓白谈及为广东省博物馆作画之事，直到20世纪90年代初才告完成。1994年，苏庚春、宋良璧已荣休，笔者正供职于广东省博物馆，经苏、宋二人引介，将邓白捐赠的《雪梅图横幅》和《梅雀图轴》交付广东省博物馆收藏，该馆给予6800元的奖金以资褒扬。两画中，前者作于1991年，后者作于1990年，均为工笔花鸟，工整精细，一丝不苟，乃其精品力作。信中的曾光亿，时为广东省博物馆职工，从事考古工作，现已退休多年。

从以上诸信不难看出，围绕广东省博物馆藏品出版的《艺苑掇英》两辑而生发出的邓白、龚继先致苏庚春、宋良璧信札，勾勒出

一段与我们渐行渐远的艺苑往事。不无惋惜的是，在龚继先家中，我们并没有找到苏庚春、宋良璧的来函。据龚氏称，因时间久远，且多次搬家，恐已不慎遗失了。不然，他们所结下的翰墨因缘，当会呈现得更为丰满、翔实。不过有意思的是，2016 年 12 月 22 日，笔者的一个小展"硕果正果：朱万章写意葫芦画展"在上海陆家嘴的吴昌硕纪念馆启幕，龚继先先生以其七十八岁之龄亲临现场祝贺。在此之前，他应策展人史军萍兄邀约，专门创作了一帧水墨葫芦，并题写："硕果正果，朱万章写意葫芦画展，丙申冬至半闲草堂龚继先题"，钤朱白文连珠印"龚""继先"。他与先师苏庚春等人结下的善缘，在此得到延续，也算是后学之福了。

（原载《西泠艺丛》2018 年第 7 期）

跨界交融

徐邦达致宋良璧书札

徐邦达（1911—2012）是书画鉴定家、全国文物鉴定委员会委员，与启功、谢稚柳、刘九庵、杨仁恺、傅熹年、谢辰生同为中国古代书画鉴定组成员。他字孚尹，号李庵，又号心远生、蠖叟，浙江海宁人，早年在上海从事书画创作和收藏，后调至北京故宫博物院，专事书画鉴定，有《古书画过眼要录》《古书画伪讹考辨》《历代画家传记考辨》《历代流传绘画编年表》《古书画鉴定概论》等多种论著行世。

1994 年冬季，笔者参加由国家文物局和故宫博物院联合举办的"全国古书画鉴定高级研讨班"，当时徐邦达和启功、傅熹年、刘九庵等鉴定大家均登堂说法，我们亲炙有素，获益良多。2000 年 8 月 22 日，我随先师苏庚春带着一批广东省博物馆所藏的，由香港藏家、蓝塘书屋主人李国荣先生捐赠的宋元明清书画三十八件（套），到其在首都工人体育馆附近的寓所，请其鉴定品评。经与苏庚春共同鉴定，确认这批书画中款署"夏圭"的《春游晚归图》团扇，为后添款的南宋作品，被定为国家一级文物。此外，明代《城隍土地判官图》等道场画四件、书法家王穉登的行书《秋声赋》卷、吴山涛的行书《江南杂诗》卷及王寅的《行书七言诗册》等，清代王云的《杜甫诗意图》、黄慎的《寿星图》、李鱓的《狸猫秋葵图》、沈宗敬的行书《枯树赋》及近代海派大家任熊的《雄鸡图》等均为精品。阔别多年的苏庚春与徐邦达在鉴定之余，相互寒暄，问及起居，并留下联络电话，我们则一起合影留念。虽然后来在上海博物馆、故宫博物院举办的研讨会中还见过徐邦达多次，但这两次的印象却是最深的。无论是聆听其授课，还是见其书画品鉴，都亲承教泽，受益匪浅。其间，我曾冒昧致函先生，就书画鉴定的有关问题请益，但因种种缘由（后来听故宫的朋友说可能是地址有误），一直未能收到复函。庆幸的是，若干年后，我在广东省博物馆陶瓷鉴定专家——同时也是与我曾经共事多年的师长宋良璧处得见徐邦达书札，了解其在正式书法作品之外的书写风貌。

该信札为圆珠笔所书，全文曰：

良璧同志：

前来手书早已收到，适有出国任务，以致去申看画延期，故未即复为歉。现定于五月六日到上海，约停留十天左右，以后则返旆往辽宁。福州之行，须迟至下半年矣。如遇春同志愿去上海，请你馆直接与上博联系，并说明跟我同看原委可也。

专此

敬礼！

徐邦达 手启

请小李同志转告市馆任杰，并云前托人带京之物早已收到，又及。

书札并无注明年月，且信封已不知所终，无从得见其邮戳，故未知其确切时间。笔者曾征询宋良璧先生，他已无法回忆出准确时良駟同志：

承来书，早已收到，适省去开国任务，必致专审
看重，延期故未即复，为歉。现宁杭五月六日到
上海，约停留十天左右，以后则返旆往返宁、福
州之行，须迟至下半年矣。如遇要同志启去上海，
诸候馆直接与上海联系，若谈印张我同志看后
寿可也。专致

敬祝！

徐邦达手启

诸小书同志转告市馆任兄，益（兰）亭前托人带京之物速收到，3月

徐邦达致苏庚春信札

2000 年 8 月 22 日，苏庚春（右）与朱万章（左）在北京徐邦达（中）寓所鉴定书画后留题

间，只是说印象中应为 20 世纪 80 年代前后。至于信中提及的"遇春""小李同志"，则为李遇春，其时供职于广东省博物馆保管部书画库，后来从事书画鉴定工作，著有《文物鉴定谈丛》；"市馆任杰"则指广州美术馆的任杰。

宋良璧为陶瓷鉴定专家，著有《古陶瓷研究论集》，与徐邦达可谓完全不同的两个领域。宋良璧时任广东省博物馆保管部主任，因其工作关系，与诸多书画家和书画鉴定家均有往还，如谢稚柳、徐邦达、启功、黄冑、赖少其、程十发、关山月、黎雄才、梁纪、杨之光、马琼、梅建庵、宋文治、王康乐、林墉、胡根天、王伽珠、吴作人、亚明、应野平、张雪父、金铎、郑乃珖、周怀民、朱屺瞻、陈大章、刘九庵、乔木、诸涵、黄独峰、秦咢生、孙文斌、邓白、龚继先、黄笃维、张沛之、吴灏等均有书画投赠，见证了一个特殊时代的文人交游轨迹。

作为一个书画鉴定家，徐邦达与宋良璧所供职的广东省博物馆有诸多往还。因书画鉴定家苏庚春亦供职于该馆，且与徐邦达私交甚笃，故无论因公还是私谊，徐邦达都与该馆结下良好的翰墨因缘。

1978 年 12 月，时年五十五岁的徐邦达受文物出版社委托，与单国强、庄嘉怡等人到广东省博物馆参与《广东省博物馆藏画集》的作品鉴选工作，苏庚春与其共同鉴选作品。1987 年 3 月 23、26 日，苏庚春会同宋良璧等人陪同时年六十四岁的徐邦达在广东省博物馆观摩、鉴赏书画十五件；次年 3 月 19 日，苏庚春与徐邦达、杨仁恺、刘九庵等一道赴广东顺德博物馆视察，并鉴定馆藏书画。当然，徐邦达在广东省博物馆参与书画鉴定的最大一次活动应当算是 1988 年 11、12 月期间，中国古代书画鉴定组在广东的巡回鉴定。这次鉴定摸清了各个博物馆的书画收藏和真赝情况，在后来出版的《中国古代书画目录》(1—10)、《中国古代书画图目》(1—24) 及杨仁恺的《中国古代书画鉴定笔记》中都有详细记录。

除多次参加书画鉴定外，1982 年，徐邦达还将谢稚柳为其书写的《草书徐邦达诗轴》无偿捐赠给该馆收藏；1987 年，由苏庚春经手，徐邦达将其创作的《设色春游图》《设色四景山水轴》和《行书金缕曲七七述怀横》等三件精品捐赠给广东省博物馆收藏，该馆以每件 1000 元的稿酬给予奖励。这些作品，无疑充实和丰富了该馆的 20 世纪书画名家典藏。笔者在 2012 年策划举办"纪念苏庚春先生暨征集书画精品展"并出版同主题图录时，还收录了徐邦达的《设色春游图》，印证了他与包括苏庚春在内的广东省博物馆诸多同仁的鉴藏往事。

无疑，徐邦达书札便可折射出他与陶瓷鉴定家宋良璧的跨界交

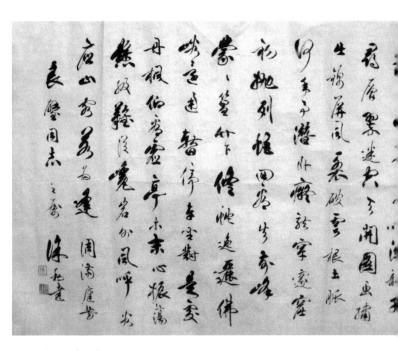

徐邦达书赠宋良璧书法

徐邦达画赠宋良璧《松竹山石图》

融。除此信札外，徐邦达还书赠宋良璧《行书满庭芳词》和画赠《松竹山石图》。其书文曰：

> 岚合晴容，泉吟清韵，千寻层翠迷空。天开图画，绣出锦屏风。裂破云根土脉，何年事，潜卧痴龙。穿邃窟，初抛列炬，回看失前峰。蒙蒙篁竹下，修蛇逦迤，佛峪还通。暂停车坐对，是处丹枫。仰首虚亭木末，心振荡，悬级难从。巉岩外，风呼谷应，山客若为逢。调满庭芳。良璧同志之属，徐邦达。

钤朱白文连珠印"徐""邦达"。该词为徐邦达填写于1978年，曾书赠多件予友人，笔者所见便不止这一件。据此亦可知当时徐邦达名声鹊起，酬应为劳。

《松竹山石图》题识曰："良璧同志之属，邦达，己未春"，钤白文方印"徐邦达之印"。"己未"为1979年。此图所写为虬曲苍劲的松树旁，翠竹辉映，山石相伴。作者用笔老辣，用焦墨写山石，干笔皴擦，松干上衬以红叶，或与他树错落并存，生机盎然。寥寥数笔，便尽显其学人风致与文人墨趣。此图实为诸家为宋良璧所作画册之一，其他分别为谢稚柳的《芙蓉花》、黄独峰的《神仙鱼》、黄胄的《毛驴》、金铎的《湖山胜览》、赖少其的《野渡无人舟自横》、黎雄才的《松树》、梁纪的《荷花》、马琼的《飞端幽谷》、梅健庵的《游鱼》、宋文治的《黄山云》、王康乐的《溪山图》、吴作人的《金鱼》、亚明的《山水》、应野平的《黄岳云峰》、张雪父的《漓江小景》、郑乃珧的《荷花》、周怀民的《梅竹双清》、朱屺瞻的《螃蟹》等，创作时间大多在20世纪70年代后期至80年代初。苏庚春在册尾题跋曰："良璧同志，河南人氏，与余共事多年的老友。为人诚恳朴实，好学不辍。工作之暇，研考陶瓷之学，精于鉴别，喜爱书画。近年来，南北一些老书画家为其写作存念，均为装池成册，真可谓是极难得的一代精品也，博陵苏庚春题。"据此或可见宋良璧于陶瓷鉴定之外的风雅，而徐邦达书札及其赠送宋良璧的书画也正是这种风雅的延伸。

（原载《中国文化报》2016年12月25日3版）

花埭记往

陈凝丹致苏卧农信札解读

　　"花埭"位于广州城区西南隅，属于现在的芳村区。其早先为河滩草地，自明代起便有居民在此开荒种花。初名"花埭"，后因其谐音而改称"花地"。如今，在繁华的街道中尚有花地湾、花地大道等名称，即是渊源于此。明清以降，此地多文人墨客驻足，留下诸多文苑雅事。清代诗人张维屏有《泛舟花埭》、黄遵宪有《花埭纳凉》诸诗，而康有为则有"千年花埭花犹盛"诗句，晚清诗人梁修更有《花埭百花诗》歌咏此处百花，可谓集花埭诗之大成。20世纪以来，花埭曾住过一位"岭南画派"画家苏卧农（1901—1975）。他为高剑父弟子，以绘画为能事，在此种花，养花，画花，过着传统文人优游闲适的乡居生活。花埭因苏卧农而名愈显，而苏卧农也因花埭而使其画愈发生机盎然。

　　苏卧农擅画花卉，多以花埭所种之百花为蓝本，因而花埭也就成其绘画之源头沽水，取之不尽，用之不竭。他还兼擅人物，所绘人物，也多为乡人撑船蒿游弋于荷塘花草间，或摘花，或远眺，或采菱，杨柳依依，春光灿烂，一派祥瑞之景。近日笔者在其哲嗣苏百钧寓所得睹一通由"岭南画派"另一画家陈凝丹寄来的信札，其中涉及花埭，便可略窥苏卧农的花埭情结。

1948 年，高剑父与弟子等合摄于广州花地，右起：苏卧农、高剑父、李抚虹、叶永青、卢传远

　　信封所写收信地址及收信人为："广州市花地大田街 2 号苏卧农同志"，寄信地址为"佛山市陈缄"。"花地大田街"乃苏卧农居所，此地即古称"花埭"之所。大田街现在尚存，即便城市化步伐已经以超越人想象的速度快捷前行，周边已是鳞次栉比的高楼大厦，此地仍然可见花店或与鲜花相关的门市，依稀可见昔日花田旧影。信封正面之邮票已脱落，无法辨识邮戳；背面之邮戳则尚存，但并不清晰，依稀可辨"1972.2.10"字样，据此可知此信的书写时间当为1972 年。全信书文曰：

　　卧农学兄：

　　　　春节前来书敬悉。嘱找美术刀问题，经向我社同志了解，"利生利"已改名"利工农"，已不生产。此数刻刀，目前还未

知何处有生产，如有消息，当再奉告。弟已返回佛山民间艺术
社工作，□注并还有机会再来花埭请教。耑复并侯

　　痊安并祝府上各位春禧！

弟陈凝丹，二月六日

　　陈凝丹（1912—1985），原名士炯，号劲草，自称"丹翁"，广
东佛山人，曾师从"岭南画派"创始人高剑父，学花鸟，成为该画
派的第二代传人；后又跟随"岭南画派"创始人高奇峰的弟子黄少
强，学人物，因而又变成了"岭南画派"的第三代传人。一生从事
美术教育和艺术创作，善画花鸟、人物和山水。曩年其子女陈明中、
陈方平为其举展事，梓行《陈凝丹画册》，还特邀笔者为其撰写专文
论述其艺术历程及艺术特色，笔者遂以《岭南画派的另一传人陈凝
丹》为题高扬其人其艺。陈凝丹写此信之时，任佛山民间艺术社主
任，故在其信中言及"我社""返回佛山民间艺术社工作"等。"佛

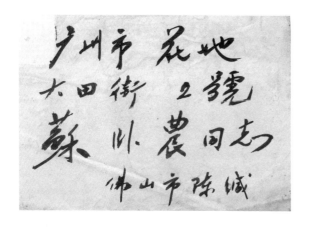

陈凝丹致苏卧农信封

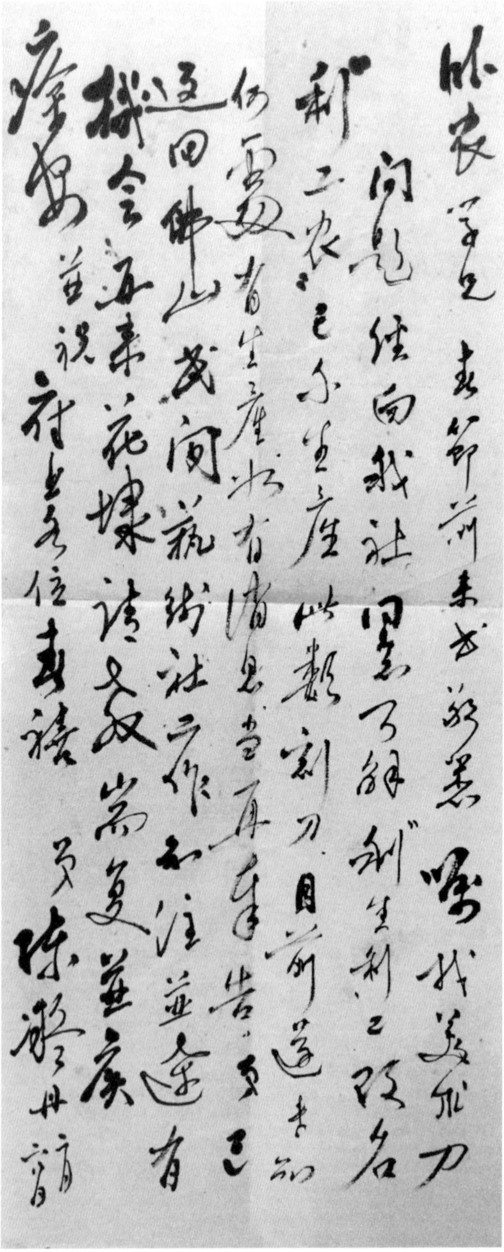

陈凝丹致苏卧农信札

山民间艺术社"全称为佛山市民间艺术研究社，成立于1956年，现在仍然继续运行，是一家以保护、研究、创作、生产经营佛山民间艺术（如剪纸、秋色、灯色、木板年画、陶艺）为主要业务的国有专业机构，经数十年的发展，现已兼具贸易、旅游接待、文化艺术交流、展览及教育培训等功能。信中谈及苏卧农曾来信嘱咐陈凝丹为其在该社找美术刀，陈回信称原名为"利生利"的美术刀已改名"利工农"，但已停止生产。据陈凝丹之子陈明中回忆，"利生利"是在佛山普君墟所制造，该所专门生产刀具、剪刀、农具（锄头镰刀等）等。从信中可知当时的佛山民间艺术社应该只是代销其刀具。尤为重要的是，陈凝丹在信中还谈及希望"再来花埭请教"，则说明陈并不止一次去往花埭与苏交游。而在写信之年，正是"文化大革命"轰轰烈烈之时，很多书画家不是关进牛棚，便是被批斗或派往农村改造，而苏卧农依然能悠然自得地生活在溢满清香的"花埭"，构筑着属于自己的精神乐园，我想，这或许是与他淡泊明志、疏离政治的艺术理念分不开的。

当然，信札所体现的陈凝丹随意闲适的行书风格，乃是其绘画之外的另一种意趣。很显然，这样的书风既非来自高剑父的"枯藤体"，也非源自黄少强的行书风貌，而是自成一格，未见窠臼，与其凝练潇洒的绘画风格可谓相得益彰。

（原载《收藏·拍卖》2017年第3期）

戺晤之约

黄独峰致苏卧农信札

　　黄独峰（1913—1998）属于"岭南画派"谱系中的一员。他本名山，号榕园，广东揭阳人，曾经乡友孙文斌（1915—1999）引荐，拜于高剑父门下。近日读《马衡日记》，其中 1950 年 11 月 12 日载："黄独峰昨赍五弟函来谒，未晤，今晨又来，始知其为高奇峰、张大千弟子，日本留学生。"马衡（1881—1955）为金石、考古学家，曾担任故宫博物院院长多年，著有《凡将斋金石丛稿》《中国金石学概要》等。日记中所载黄独峰为高奇峰弟子，或为马衡误记，抑或黄独峰同时师承高氏兄弟亦未可知。至于"张大千弟子"之说，则确有其事。1950 年，黄独峰赴香港，正式拜客居此地的张大千为师。此举曾受到不少"岭南画派"同门的非议，黄独峰后来在回忆中还专门提及："当时许多岭南师友表示惊异，认为我已入高剑父之门，且已卓有成就，何必去拜西蜀张大千之门，岂不丢了岭南派的脸。"此事在李永强《20 世纪中国画名家在广西的艺术创作与活动》中有详细记载，此不赘述。

　　由于黄独峰本身为广东人，又归属"岭南画派"，虽然于 1960 年归国后供职于广西艺术学院，但与广东地区书画界、文博界都保持着密切的交往。先师广东省博物馆书画鉴定家苏庚春及笔者曾经

的前辈同事、陶瓷鉴定家宋良璧等均与其交游甚密。我就曾见过黄独峰画赠宋良璧的《游鱼图》斗方和《俏不争春图》。前者所绘为简短几笔水墨小鱼，有其擅长的神仙鱼，也有青鱼或草鱼，逸笔草草，趣味横生。近处为朱砂所绘之仙人掌，干笔渲染，别出心裁，署款"榕园写"，钤白文方印"独峰"及收藏印"宋良璧印"；后者为小写意梅花，遒劲老辣，作者自题曰："俏不争春，一九七八年春月榕园写似良璧同志。"至于和春睡画院同门师兄弟如苏卧农、方人定等人的往来就更为密切了。从其一封致苏卧农的短札中便可见其一斑。

该札信封写着："广州市花地大田街 2 号苏卧农同志，南宁广西艺术学院黄"，邮戳显示的时间是 1975 年 3 月 2 日。书文曰：

卧农学长兄大鉴：

兹次赴广州参加方人定兄之追悼会，结束后拟趋府问候，但因事杂，又尊址难找，无人同往而作罢，敢请谅之，尚望保重身体，为艺珍，它日机缘，尚图良晤耳。敬候

艺安！

弟独峰顿首，三月十九日

苏卧农和方人定都是高剑父弟子，也都是黄独峰的同门师兄。1941 年，因有感于其师高剑父独断专行、一味要求弟子传其衣钵的作风，刚从美国回到香港的方人定联合同门黄独峰、李抚虹、司徒奇、伍佩荣、罗竹坪等在香港发起成立再造社；是年二月，举行再造社第一次画展，并出版《再造社第一次画展特辑》，黄独峰、方人定、苏卧农及其他同门如伍佩荣、李抚虹、黄霞川、赵崇正、司徒奇、黎葛民、罗竹坪等均有作品参展，除苏卧农外，其他参展画家都写了文章刊载其中，黄独峰所写文章为《中国绘画与现代西洋画

的倾向》（署名黄独风）。方人定在后来谈及此事时还说："再造社，是一个画社组织，都是高剑父的学生，因不满高剑父的家长制，组织起来反对他，但不久被他逐个收买，各个击破，又因香港沦陷，个人散了，再造社散了。"但在方人定的一份手稿里，他这样谈及再造社的宗旨："我们本着中华的国民性，站在时代艺术前线上，再辟国画的新路为宗旨；我们联合个性坚强、思想前进的艺术同志，共同研究，绝无阶级观念；我们把身心寄托艺术，决不为外物所摇动，不作虚伪的宣传。"据此可知，方人定等同门是出于艺术上的追求而与高剑父的作风对抗，事实上，包括发起人方人定在内的所有同门并未与高师反目。他们依然遵循中国文人尊师重教的传统，一直以师礼待之。饶有意味的是，后来黄独峰在《谈"岭南画派"》一文中，

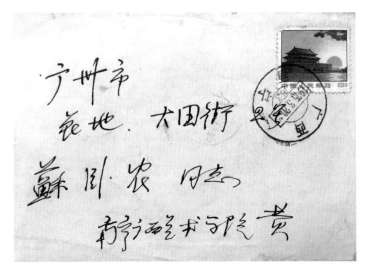

黄独峰致苏卧农信封

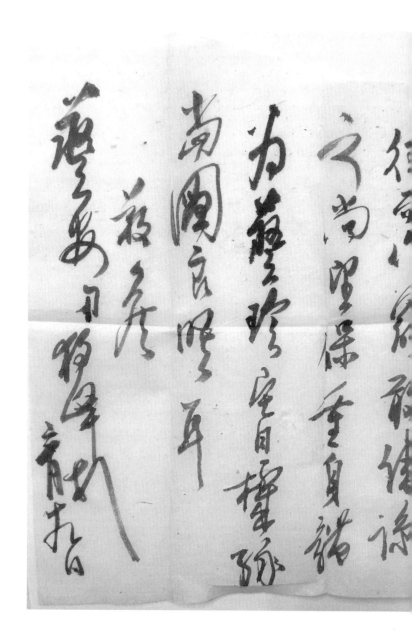

黄独峰致苏卧农信札

邡農學士弟大隆生兄

珍起無務為參加才

人望允之述悼念

俟乘居撥款府問

參但因事條又

單此生存關司

黄独峰《山水图》，纸本设色，92×42.5厘米，1944年作，广东省博物馆藏

依然对高师推崇有加，称"高剑父先生提倡中国画革新，以艺术救国为己任，大力培养青年学生，不愧为岭南画派之宗匠"，"在教学上，他不拘一格，鼓励独创。"这次短暂的艺术结社活动，虽然没能真正达到"再造"的宗旨，但却使黄独峰与方人定、苏卧农等人结下深厚的友谊。从此信即可见其端倪。

据《方人定年谱》及此信可知，方人定本年3月2日（阴历正月廿日）病逝于广州，黄独峰专程赴穗参加追悼会并欲拜访苏卧农而未成，因而致函以图他日良晤。遗憾的是，在写此信的前一日（即3月18日），苏卧农便已在广州归道山。因为是时信息不畅，黄独峰并未及时获得此讯息，故致函问讯，而真正收到此信之人，就只能是苏卧农家属了。

（原载《收藏》2017年第6期）

贞古斋学徒崔振昆

贞古斋是民国八年（1919）由苏永乾创立于北京琉璃厂的字画古玩店。苏永乾（1888—1963），字剔夫，河北深县人，长期从事书画经营与鉴定，乃先师苏庚春之父。他所经营的贞古斋，由张伯英（1871—1949）书额。据孙殿起（1894—1958）的《琉璃厂小志》记载，贞古斋学徒主要有满其昌（西伯）、樊文同（君达）、牛长春（伯生）、李世尧（雍民）、崔振昆（伯源）、陈林川、陈万书、李俊山。此外，马保山、李孟东、赵存义等虽非学徒，但也曾向苏惕夫学字画鉴定。启功在《启功口述历史》中便谈及苏永乾及其鉴藏往事："说到多看多学，不能不提到另一群人，这就是'民间专家'，如琉璃厂的一些人品业务俱佳的掌柜、师傅，我从他们身上也受益不少。我小的时候常串古董店，那些老板虽然不是什么学者，但也有很多行家，有很多实际经验。比如贞古斋的老板苏惕甫先生，就是这样的人，而且他的人品特别好。我常到他的铺子去看画。有一次我看到一张，觉得非常好，连连称赞，准备攒钱买下来，但苏老先生却告诉我：'这张是假的，屋里那张才是真的'，并大致说了一下原因。这对一个古董商来说，真是不容易。他觉得我孺子可教，就告诉我实情，教我一些知识，而决不像世风日下的那些商人唯利是图。他的店堂里挂着两个大字的牌匾'贞固',是铁保所书,他的人品可当得这两个字。"据此可看出贞古斋在当时书画鉴藏界的口碑。

贞古斋学徒,大多学有所成,后来基本上都从事书画经营和书画鉴藏活动,崔振昆便是其中之一。崔振昆(1914—2001),字伯源,一作白源,河北武邑人,先是至贞古斋跟随苏惕夫学字画装裱,后来再学书画鉴定。同时,他也雅好书法,且博览群书,故在贞古斋学徒中别树一帜。1949年后,他供职于荣宝斋,从事书画鉴定与收购、买卖工作。关于他的生平与艺术活动事迹,在现有资料中,所见极少。他进入贞古斋的详细时间已不可考。据苏庚春回忆,在民国二十六年(1937),苏庚春开始在贞古斋追随其父做学徒时,店中随其父学艺的师兄已有樊君达、李世尧、崔振昆等人,据此可知至少在1937年以前,也即崔振昆24岁之前便已成为贞古斋学徒。

崔振昆题赠苏庚春伉俪书画展

在苏庚春往还书札中，有一通崔振昆来函，或可有助于了解其人其艺。书信全文曰：

庚春弟鉴：

奉到华函，拜读之下，欣悉步履胜常，精神倍加，不胜欣颂。所询之冕《墨梅》，小兄于往年已归赵原物主了，请弟台谨向欧老致意。日后俟有机遇，可侧探询。近来京市书画业的生意平稳如往。但有声息，觅故名作品的迹象，较前多了些。穗市如何？谨此敬覆，即祝

春节大吉！蕴贞弟妹同，愚小兄振昆拜复，并颂

欧老新春快乐！

元月卅一于北京

信札并无信封留存，且未署具体年款，故无从得知书写年份。但经征询有关当事人，认为此信的大致年代当在 20 世纪八九十年代。信中所言"欧老"，乃欧初，广东中山人，官至广州市委书记，喜好书画文物收藏，出版有《五桂山房诗文集》《欧初书画集》《欧初自用印及藏印集》《我亲见的名人与逸事》《五桂山房藏元明清书法集》《五桂山房藏古书画题跋选》《五桂山房集》等。"之冕《墨梅》"指明代"钩花点叶派"创始人、花鸟画家周之冕的《墨梅》，此画已无从考知。"蕴贞弟妹"指苏庚春夫人张沛之，字蕴贞，河北深县人，擅画花鸟，兼擅人物、山水，每画之后，必倩苏庚春题识，故有"张画苏题"之谓，与苏庚春共同出版有《暮趣墨缘：苏庚春张沛之书画集》。信中还谈及此时北京的书画市场中，收藏以故书画名家作品的现象，比之前多了一些。

书札之外，崔振昆尚有书法作品题赠苏庚春伉俪。1996 年 5 月

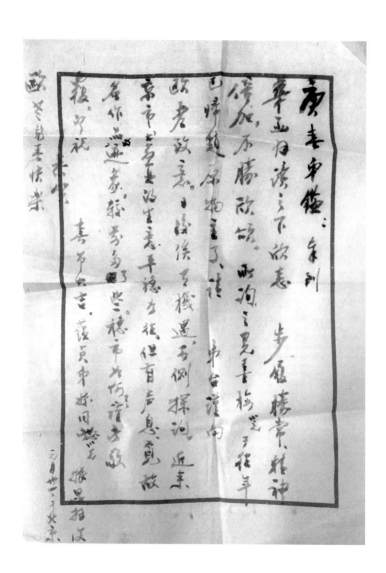

庚春兄鑒：奉到

翠函捧读之下故慰
念旬不胜欣颂，晤洵之意書梅送王程年
曰归赵原物書了，诸
政者政意，暇後有機遇当侧探询近来
京市上�尚宜看寝为稳妥祺，但有声息定当赴故
各作無逃家較驳号了些穗市当何请查政
萩，叩祝
春节快吉，諸位仝妹同檄老
振昆拍上
二月廿一于北京

18 日，苏庚春、张沛之在广州市文物总店举办了首次书画联展；同年 11 月 1 日—3 日，又在北京琉璃厂文雅堂举办同主题展览。为此，是年秋，崔振昆特赠《行书五言诗》以贺。该书为斗方，书文曰："贵庚耄耋健，王春占先声。沛之精气神，仙姑伴寿星。庚春沛之贤伉俪作品展。丙子年秋，拜读为颂，振昆"，钤白文方印"崔振昆印"和"崔氏白源"。诗是崔振昆自制打油诗，诗中嵌入苏庚春伉俪之名，充满祝贺、贺寿与游戏之意。

崔振昆勤于临池，笔耕不辍，从信札及书作可看出，虽然章法未显，但运笔、结体均练达遒劲，不拘成法。其《行书五言诗》为八十三岁所书，真有人书俱老、渐入化境之态。

（原载《收藏》2017 年第 3 期）

刘九庵尺牍中的鉴藏往事

从一通致苏庚春信札谈起

　　书画鉴定家刘九庵（1915—1999）和苏庚春有很多相近之处。他们都是河北人（刘是冀县人，苏是深县人），早年都随父辈到北京琉璃厂从事字画古玩行业。刘九庵为悦古斋创始人韩德盛之子韩博文弟子，苏庚春跟随其父、贞古斋掌柜苏永乾学字画鉴定，后来拜师韩慎先。两人在长期的字画经营中，练就一双法眼，与王大山、李孟东并称"琉璃厂的书画鉴定四大家"。20世纪50年代公私合营以后，两人又都进入国家文博系统，刘九庵进了故宫博物院，苏庚春到了广东省博物馆，二人继续从事书画鉴定与书画征集，为国家抢救性征集书画无数，并为书画鉴定界培养了大量后备人才。同时，两人又同为国家文物鉴定委员会委员，在目鉴之余，潜心著述，刘九庵著有《刘九庵书画鉴定文集》《宋元明清书画家传世作品年表》，苏庚春著有《苏庚春中国画史记略》《明清以来书画鉴定家选》和《犁春居鉴稿》等。

　　由于有着相似的经历与共同的志趣，刘九庵与苏庚春的交游从20世纪三四十年代一直持续到90年代末刘九庵辞世时。两人的交往，都是与书画鉴藏息息相关的。1953年秋季，章伯钧（1895—1969）因要整理所买的字画和辨真伪，刘九庵和苏庚春遂应其所邀，会同北京文物总店书画鉴定专家李心田一道去其家，为其整理所藏字画；1955 年 11 月，贞古斋等十七户古玩店想申请参加荣宝斋。其时，荣宝斋由人民美术出版社主管，社长为邵宇。章伯钧与时任文化部副部长的郑振铎（1898—1958）很熟，于是，当时便由邱振声、刘九庵、苏庚春等人出面，由苏、刘到章伯钧家，托其向邵宇及郑振铎游说，希望荣宝斋能吸收这十七户，并把申请书交给章伯钧一份。此事后来因为章伯钧太忙及不久被划为"右派"，便不了了之。

　　20 世纪 60 年代初，苏庚春南下供职广东以后，二人的交往集中在为广东省博物馆鉴定或捐赠字画方面。1960 年 4 月 6 日，经苏庚春斡旋，刘九庵将珍藏的清代广东籍画家招子庸的《墨兰图》《墨竹图》等捐赠给广东省博物馆；1961 年 7 月，刘九庵赴广东省博物馆与苏庚春一起鉴定馆藏书画；1962 年 7 月，刘九庵将清代广东籍画家蒋莲的《人物图》捐赠给广东省博物馆，苏庚春负责接收；同年 12 月，刘九庵再赴广东，与苏庚春一并参与鉴定馆藏书画。当然，这些都是档案或文献记载的史实。在史乘之外，二人交往的点滴更不胜枚举，未克尽述，其中一项便是书画和信札。1990 年秋日，

刘九庵致苏庚春信封

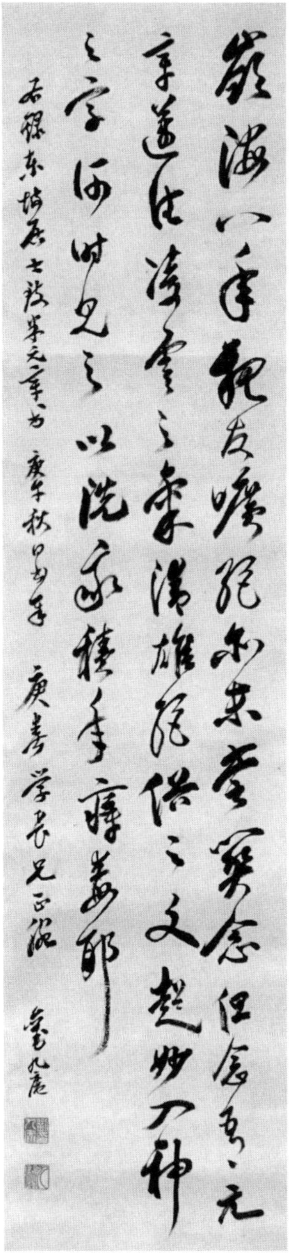

刘九庵书赠苏庚春的书法条幅

刘九庵抄录苏东坡的《与米元章书》赠与苏庚春。在笔者整理的苏庚春友朋往来信札中，有一通刘九庵写于 1972 年 2 月 16 日的信札，据此可勾勒出二人的鉴藏往事。信札用的是印有"北京大栅栏印刷厂出品，71.5（1268）"字样的西式朱丝栏信笺，信封为印有南京长江大桥图案的简易普通信封，邮票为印有"革命现代京剧智取威虎山"字样的剧照，邮资八分，邮戳地点为北京，时间为 1972 年 7 月 17 日。收信人及地址为"广州市延安二路省博物馆苏庚春同志启"，寄信栏为"北京故宫刘寄"。其信札全文曰：

庚春同志：

　　春节好！

　　接读两次惠书以及与黄玉质、宋良璧两同志晤谈，欣知您近来的情况。不晤转瞬数年之久，想念之怀两地正复相同，获悉诸况以后，不胜欢欣之至，然而未克及时奉复，这是很感抱歉的，知己当然鉴谅。在文化大革命中，得知，您馆收集到很多的重要文物，馆藏更加丰富了。至委我院装裱的高房山《云山烟树图卷》，确属少见的重要作品，李珩的题字更为精绝。高的作品传世并不多，故宫旧藏被劫运台湾去的《云横秀岭图轴》，可称为高的杰作，亦有李珩题记。关于此卷是否有著录问题，我曾查过手边的几种著录书，皆无此图名，复查福开森著的著录画目，仍然没有查到。这样看来，恐是属于未被过去著录过的遗品了。如今竟被我们发掘出来，岂不更名贵吗？

　　此卷已揭出托底，正由裱画室张耀选同志亲自动手修全中，带来的包首锦禾引首纸，已去看过，锦很好，可适用。纸尺度比画卷高一些，颜色与画纸相比，似乎又重了一些，倘要用时即须裁短，原纸上印的字痕就不完整了。今由张耀选寻了一张较白色的旧纸拟配用上去，我看当适宜，但不知您以为如何？请与贵馆同志商酌，采用那一种希见告，以便照办。

这次展出的文化大革命期间的出土文物，给予国内外以极大的影响。从而更有力的说明经过无产阶级文化大革命，不仅地上的文物保存的很好，地下的发掘更为丰富，因而各地方的博物馆都准备搞这方面的展览。这的确是一个促进。欣悉您馆亦拟在五月间搞展览，羡极。

至于垂询在展出中的几个问题，我们这里仍然未能彻底解决，是须要共同深刻探讨的，如我院去年国庆节搞的"历代名画展览"，也仅是对内展出，一直没有公开对外。在陈列上没有展出宋代的赵佶和明代的董其昌作品，在总说明中，略谈了绘画方面的发展过程，遵照伟大领袖毛主席批评继承的教导，在每个作家的说明时，仅介绍作者、品名、明显的字号、籍贯、生卒和绘画特点，减去了作者的官爵。这就是我们去年绘画陈列中的简略情况。在陈列说明和口头讲解方面，我们自己也很感到不满足，这是有待提高的。刻下在皇极殿东西两庑搞了个明清绘画和明清法书陈列，现正请中央领导同志进行审查中，至于能否对外开放，当待命中。如果得到通过，即将这两个展览的说明奉上，请予以指教。我是去年六月间由湖北干校返京的，七月份故宫开放，即在开放路线工作二个多月，国庆节绘画馆对内开放，即回到原来的单位搞这原来的本业了。将近两年的干校劳动锻炼，对光辉的"五·七指示"精神，在实践过程中，有了比较深的认识，是防修反修的必由之路，是改造思想的熔炉。而当今工作要解决的问题，是如何贯彻批判继承和古为今用的问题，应唯有遵照毛主席的"教导认真看书学习，弄通马克思主义"。这也是从事物的实践中，开始认识到这一点，庚春同志：春节好！

　　接读两次重要书信，以及与黄玉质、宋良璧两同志晤谈，故知您近来的情况。不晓辗转数年之久，想念之情两地而愈相同，获悉近况以后，不胜欢悦之至。些画事先及叙事，足见彼此推敲而，知己古游蓬深。在文化大革命中仍知您馆收集到很多的重要文物，馆藏更加丰富了。至于代览若诸如高方山雪山烟树图卷，确属少见的重要作品，李衎的题合更为精绝。高的作品传世甚不多，故宫旧藏现知道这台湾去的云横秀岭图轴，为稀世的杰作，亦有李衎题记。关于诸老黄香多等蒿来问题，我曾查过手边的几种蒿来去，皆无此图名，继查福开森等的蒿手画目，仍然没有查到。足样看来，还是属于未被选去蒿手过的遗品了。如能是从你们发掘出来，岂不又名贵吗。

　　此卷已揭出托好，正由装画家谢稚柳同志亲自动手修全中，带来的色面锦未引首纸，已参有过，锦很出了适用。纸反应比重要高一些，

　　轻色与画纸相比，红手又重了一竖，传弟回日所经载经，唐纸上印的字亦我不宽松了。今由张敦送弄了一张较白色的四纸和西周上去，我看与这宣但不知道。还以为如此？请与美馆同志商的，采用即一种布见告，以便即了。

　　这次展出的文化大革期间的出土文物，给予国内外以极大的影响。从而充分的说明搞进无产阶级文化大革，不仅地上的文物得作的保护，地下的发掘更为丰富。因而各地方的博物馆都准备搞这方面的展览。这的确是一个促进。顷悉 逯馆长拟在五月间搞展览，甚好。

　　至于重询至展去中的几个问题，我们这里很些事情未展备好，是没多些问深刻探讨的。开院去年国庆节搞的"历史名画展览"，也只是对内展去，一直没有以开对外。在陈列上没有展去宋代的题佳和明代的差世号作品，多送说明中，照读了绘画方面的发展过程，这些伟大领袖尤其批判继承的教导。在介绍作品的说明时，仅有的么"作者、品名、照显的方子。

藉此，今年和泽鱼推出。减去今作书的官商。这
就是我们今年展鱼推到中的两明恬选，生降到说里
和关津和方面。我们能如你我对不肖意，还是有
许接高的。刻下全国报题多西西庭挂今个听请
绘画，和听请法书法外，现已请中央级年同志建
部审查中，至于有否对外开放，古待命中。如果
因到道进，中惜这西个展览的说明书上，该予以指
教。我是今年二月间，由湖北干校返京西，七月请接
京开放，即生开放经搞二作二千多月，图支节停画
馆始由开放，中四到原来的单位挂进原来的年生
了。将近两年的干校劳动锻炼，功劳辈的"五七指
示"精神，生实践过程中，有认较深的认识，走防
修反修的四申之经，走阶级思想的熔炉。而多多
工作与角次的问题，是处日奖活批判陆永布去由
全用的问题，东作主道旦毛主席的教导"认真看书
习且，弄通乾巴主义"。这必是从事物的实践中，
开始认识到这一步，也许多多以新多意识的
使破与立和，才与用学雪化结合起来，以期这步
加深对问题的认识，适口者今邵陈岩写的以事的

刘九庵致苏庚春信札之三

与杜甫"一书，以反这期"考古"名录郭老的对手去土文物中的"卜天寿书论语"的注释之争，多史毛对历史人物和作品的评价问题，且现且上很多毛不同之人的解释。而后边的注释，尤非常自然的成为"古为今用"的主要范例。连后使里起饭碗，是到很大的启发。但不知 逸馆……此书知否，如……一函，……

释……禧 ……

……同志……

……刘九庵……

……73.2.16

刘九庵致苏庚春信札之四

在行动上也就有意识的使破与立和学与用紧密地结合起来，以期逐步加深对问题的认识。近日看了郭沫若写的《李白与杜甫》一书，以及这期《考古》发表郭老的关于出土文物中的《卜天寿书论语》的注释文章，前者是对历史人物和作品的评价问题，在观点上很多是不同前人的解释。而后者的注释，却非常自如的成为"古为今用"的有力范例。读后使思想领域受到很大的启发。但不知您馆订有此书刊否？如有请一阅，并希能将心得见告尤望。专此奉复，聊作面叙。

即致

革命敬礼！

请问蕴贞同志好，并希秋声问候黄玉质、宋良璧等同志春节好！

刘九庵手上

72.2.16

信中提及之黄玉质，曾为广东省博物馆副馆长，宋良璧为陶瓷鉴定专家，时任广东省博物馆保管部副主任，"蕴贞同志"为苏庚春夫人张沛之。

此信的珍贵之处在于，刘九庵谈及高克恭《云山烟树图卷》的鉴定问题。该卷曾为广东省博物馆所藏，"文革"结束后，在清理历史遗留文物时，这件作品按政策退还给了原物主。刘九庵认为此图"确属少见的重要作品，李珩的题字更为精绝"；在《苏庚春中国画史记略》和近日由笔者编辑出版的《犁春居鉴稿》中，苏庚春也提及对此画的鉴定问题。据其记载，该画于1970年被发现，当时的书画鉴定家"认为是明代初期的作品，但也有人认为是高氏的真迹，原因是该卷可能是一分成二，前半段失掉或裁为二件，前半段或会有高氏题识，而此段的款识字迹潦草显然为后人所添，但卷尾的李衎题字看不出是伪作"。无独有偶，谢稚柳在致吴灏的信札中，也谈及此画。大约在1974年，苏庚春将此图的图版交与谢稚柳鉴定，谢在复其弟子吴灏的信札中，阐述了自己的鉴定意见："高房山卷，是摹本，其真本遂不知下落矣，作为参考，亦未始非佳事，望转告庚春同志，并致意，照片如仍须寄还，望告知。"刘九庵、苏庚春、谢稚柳都是首屈一指的书画鉴定家，堪称"法眼"，他们对同一件作品，其鉴定意见都分歧如此，何况他人？于此足见书画鉴定之难。遗憾的是，此画目前去向不明，不然可以展示出来，让更多的鉴定家来目鉴一番，或许会有更多更精彩的鉴定意见。

（原载《中国文物报》2016年10月14日7版）

往事述怀

刘九庵致宋良璧信札

　　刘九庵是书画鉴定家，河北冀县人。他曾为北京琉璃厂悦古斋字画店学徒，后曾独自营销、代售古旧字画，1956年入北京故宫博物院，从事古书画征集、鉴定和研究工作，为国家历史文物咨议委员会委员、国家文物局文物鉴定委员会常务委员、中国古代书画鉴定组成员；主编《中国古代书画鉴别图录》，著有《刘九庵书画鉴定文集》《宋元明清书画家传世作品年表》等。

　　笔者曾在1994年12月12日至17日期间，在北京故宫博物院参加全国书画鉴定高级研讨班，由刘九庵主持的书画真赝对比展览亦同时举行。其时，刘九庵负责讲授"古书画辨伪举例"及部分作品导览，印象殊深。他带着浓重的河北口音，深沉而有力，对每一幅画的来龙去脉如数家珍，使得刚入书画鉴定行业的我如遇甘露，兴趣盎然。晚上，由于我们的驻地位于北京小石桥的故宫招待所，刘九庵先生的寓所亦在附近，遂冒昧登门拜访。严寒中，刘老将我们迎进书斋，印象最深的是书房中挂着一幅叶恭绰的对联和墨竹（后来听其孙子刘凯说书画乃叶恭绰赠予刘九庵的，其对联为《行书八言联》："万壑交流千岩竞秀，海棠开后燕子来时"，有其上款）。刘老对我们在北京期间的衣食住行嘘寒问暖，还问起他的老友、广东书画鉴定家苏庚春的近况，谈起他们一起在琉璃厂的往事，还就课堂上给我们讲述的书画辨伪的事例详加阐释。在完成短暂的学习后，我和刘九庵先生还在北京、广东等地见过几次，但都是学术会议或书画鉴定场合，我对其钦仰有加，未敢趋前亲聆教诲，仅限于简单的点头问安，故未有机会面获亲炙。虽然如此，在我曾经供职的广东省博物馆，则有多位前辈与其有往还，除了一起与王大山、李孟东等并称"琉璃厂书画鉴定四大家"之一的苏庚春交游密切外，与陶瓷鉴定专家宋良璧尤多书信往来。

1973 年 3 月 26 日下午，时年五十岁的刘九庵率故宫同事一道赴广东省博物馆，会同苏庚春先生一起鉴定馆藏书画。其时，宋良璧为保管部主任，负责接待及协调工作。刘九庵在该馆鉴定了所藏的王石曾、王玖、汤雨生等作品，确认为二级文物，而张善孖的《虎》等三件作品则被定为三级文物，钱坫字轴、项圣谟松树、董其昌字扇面等则被定为参考品。3 月 28 日，刘九庵、苏庚春等继续在广东省博物馆鉴定书画。此项鉴定活动断断续续持续到 4 月 11 日。随后，刘九庵一行到长沙，在湖南省博物馆和湖南省图书馆鉴定。4 月 18 日，回到北京。4 月 24 日，苏庚春、宋良璧便收到了刘九庵的来函：

良璧、庚春同志：

前在贵馆工作期间，备承馆领导和同志们的关怀照顾，至为感谢，并于丰富的藏品中，使我们学到很多东西。

于十一日分别后，十二日抵达长沙市，在此间工作了五天，省博物馆仅看了半日。其余时间均在图书馆，该馆在文化大革命运动中，收集到很多的书画，虽无宋元人的作品，明清书画还是有些很不错的。

我们十七日搭车北返，十八日早即行抵京，回后即行投入良璧、庚春同志：

　　专此　来馆工作期间，备承　馆领导和同志们的关怀照顾，至为感谢。尤其在贵馆的藏品中，使我们学到许多东西。

　　接十一日分别后，十二日抵达长沙市，立即向工作了五天，省博物馆欣赏了半日。为节时间拟去衡阳。该馆在文化大革命运动中，收集到许多的书画，都无宋元人的作品，明清书画还是有些很不错的。

　　我们十七日搭车北返，十八日早即经抵京，回后即积极入搞"近代画"的展出收画工作，准备在"五一"节与展出。

　　今连信附上借用的全国画目报表并摄片，印就搞片再寄，多谢。

　　　　　谨此　行敬

　　敬礼　五庚

　　馆领导和胜伯们

　　　　　　　　　　　　天秀、刘九庵　仝上

　　　　　　　　　　　　　73.4.24

刘九庵致宋良璧、苏庚春信札

搞"近代画"的展出准备工作，拟在"五一"节前展出。

今随信附上借用的全国通用粮票贰拾斤，即请检收为荷，多谢。

谨此即致

敬礼！

并候馆领导和同志们好！

天秀、刘九庵拜上

73.4.24

此信虽然只是简单的问候、致谢及陈述行程及工作事宜，但却让我们了解到即使是在"文革"时期，刘九庵在全国各地的书画鉴定也未尝稍懈。这对于了解那段离我们已渐行渐远的历史无疑具有辅证作用。

在时隔十三年以后，又有一封刘九庵致宋良璧的书札。其书文曰：

良璧同志：

您好！不晤之后多时，殊念。今值我院张兰芳同志赴广西省博送文物，回时趋贵馆，拟将寄存红木画箱和箱内插屏座取回。烦请贵馆予以协助捆扎托运等事，不胜感谢之至。谨此即候

撰祺！致意遇春同志好！

刘九庵手上，八六年三月十日

信中提及的遇春同志，为李遇春，其时为广东省博物馆保管部书画库工作人员。书札所述多为工作上的琐事，但可折射出当时故宫博物院和广东省博物馆等馆际之间交流的情况，以及刘九庵与宋良璧等文博界同仁交游的往事，字里行间洋溢着一种质朴与醇厚。

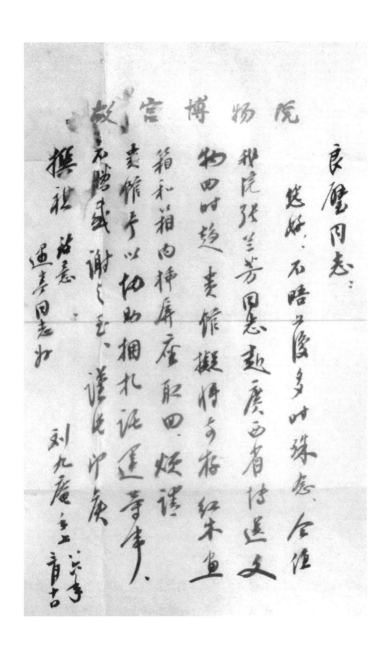

良璧同志：

送好，石暗片浏多时殊念，全佳

我院张兰芳因趣广西省持送文

物四时趋来馆拟将寻得红朱画

箱和箱内插屏座取四。烦谅

卖馆手以仍助捆扎运返尊拿。

敬而腾式谢之至，谨达沪广

撰祺　　　笑意

遥专同志协

　　　刘九庵主上八季

　　　　　青古

刘九庵致宋良璧信札

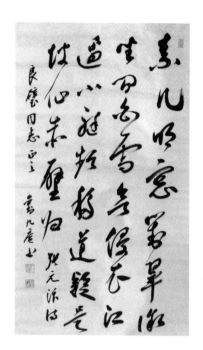

刘九庵为宋良璧书张元汴诗

　　当然，书札往还只是交游中的一个方面，其他大量的往事因为缺乏文字与图像的记载已经无从得知，只能就仅有的寸笺短札获得一些信而可征的史料，透析一个特殊年代文人的交往故事。

　　此外，刘九庵还有一件行书作品赠宋良璧，其书文曰："素几明窗对翠微，坐间白雪无侵衣。江边小艇频移道，疑是坡仙赤壁归。张元汴诗，良璧同志正之，刘九庵书"，钤朱文方印"九庵"和白文方印"刘九庵印"。其书随意自然，偭越规矩，浸透着一种学问文章之气，既体现出一个书画鉴定家的笔墨功底，又记录了二人基于书画翰墨间的交游故实。

（原载《收藏》2016 年第 11 期）

书画鉴定家的翰墨因缘

杨仁恺、苏庚春往还信札

杨仁恺（1915—2008）和苏庚春都是有名的书画鉴定家。杨仁恺曾主持辽宁省博物馆的书画鉴定工作，为该馆的书画征集、研究居功至伟，著有《国宝沉浮录》《中国书画鉴定学稿》及《沐雨楼书画论稿》等；苏庚春曾主持广东省博物馆和广东省文物鉴定站的书画鉴定工作，于广东的书画征集与人才培养，贡献良多，著有《苏庚春中国画史记略》《犁春居鉴稿》《明清以来书画鉴定家选》等。杨仁恺和苏庚春都是国家文物鉴定委员会委员。苏庚春因在书画鉴定界独特的影响力，使得他和鉴定组每一位成员都保持着密切的联系，互相切磋，相互砥砺，其口碑与法眼为人所称道。他和杨仁恺之间的书信往还即可印证此点。

笔者曾经在苏庚春寓所中见过一个竹篮，里面装满众多名人信札，其中杨仁恺信札便有多件，印象最深的是一件写在一米多长宣纸上的书札，小行书，风神萧散，一气呵成。如果装裱起来，一定是一件极为雅致的书法手卷。可惜苏庚春故去以后，这些信札便不知所终。现在笔者所见杨仁恺致苏庚春的信札，仅存一件。杨仁恺所用信封乃辽宁省博物馆公函专用，上有唐《簪花仕女图人物》暗花，邮戳显示沈阳交邮和广州收邮时间分别为 1992 年 3 月 20 日和

1992年3月27日，收信地址为"广州市文明路144号1-1，402室"，收件人为"苏庚春先生启"。此地址乃苏庚春晚年书斋犁春居所在地，也即为笔者在苏师晚年亲承謦欬之处。全信如次：

庚春同志左右：

三月十日惠书于十九日拜悉。

我去年四、五月在香港中文大学讲学，今年二月访问新加坡。四月十五日赴美，同行有稚柳、元白、邦达暨杨新、薛永年诸人。五月杪经东京稍事停留，返回沈阳。

南生同志已有数年暌违，时在想念之中，劳将所询之事直接奉达也。

我馆收藏数件仇英《清明上河图》，仅有一卷为其早年真迹，余概苏州片子。国内外之所谓仇氏《清明上河图》，均属于苏州片耳。

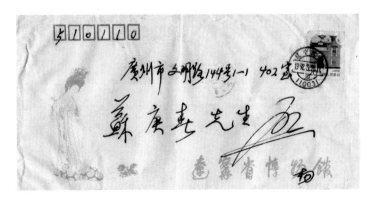

杨仁恺致苏庚春（信封）

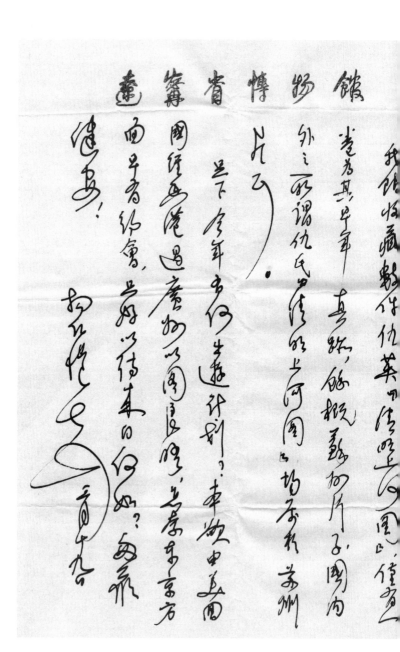

杨仁恺致苏庚春信札

廣東省博物館

廖亞同志 左右：

二月十八日手書杭州十九日收悉。

我去年①五月在香港中文大學遷子，

今年二月訪問新加坡。①月書趣美，同行

省博物？宮。邱達暨楊建。薛永邪培

人，五月杪經東京轉子停留，返回廣東陽。

南生同志②為的數年睽違，對在想

念之中，蒙特別詢①事直接专達也。

足下今年有何出游计划？本欲由美回国经香港过广州以图良晤，怎奈东京方面早有约会，只好以待来日何如？匆祈健安！

　　　　　　　　　　　　　　　　　杨仁恺顿首，三月十九日

　　据此可知，是年三月十日，苏庚春致函杨仁恺（现在并未见到此函），杨仁恺此信乃复函。信中所言是年四月十五日，杨仁恺与谢稚柳、启功（元白）、徐邦达、杨新及薛永年等赴美。谢稚柳乃上海博物馆研究员，启功为北京师范大学教授，徐邦达和杨新乃北京故宫博物院研究员，薛永年为中央美术学院教授。诸家均为书画鉴定家或美术史学者。经笔者咨询薛永年和美国的张子宁先生，此次赴美乃参加堪萨斯城纳尔逊博物馆召开的"董其昌的世纪"研讨会，会议时间为四月十七至十九日。但在侯刚、章景怀编著的《启功年谱》中，并无此事，反而记载在四月十八日，启功与同门师妹、历史与文献学家刘乃和（1918—1998）聊天，经征询张子宁先生，答复是在本次研讨会论文集中确有启功先生文章，但其是否与会，已无印象；在郑重的《谢稚柳系年录》中，虽有记载此事，但误将时间订为"是年六月"，此信便可校正以上所记时间之误。

　　信中"南生同志"乃广东书画收藏家吴南生，别号憨斋，曾为广东省委书记，时任广东省政协主席，与书画鉴定家杨仁恺、苏庚春、启功等交游甚笃，所藏书画甚富，曾将多件宋元以来书画捐赠予广东省博物馆、汕头市博物馆和深圳博物馆，出版有《吴南生捐赠书画集》。信中谈及的《清明上河图》事，可作为杨氏鉴定诸本仇英（款）《清明上河图》的依据。

　　无独有偶，在李经国所编杨仁恺的《沐雨楼来鸿集》中，有一封苏庚春致杨仁恺的信。据编者考证，此信写于1993年。全信如次：

仁恺先生：

京门握别已有两年未曾晤面，深为怀念之至。今日收到手教，知悉近况，很为快慰。

关于您拟求雄才、山月作品事，我当鼎力邦助办理，但近一段时期难以办好。主要是黎先生因把腿摔伤，现住医院治疗，约三四个月方能治好。山月先生近期有出国任务，也很少有时间画画。因此近期这件事不好完成。总之，此事我会记在心上，有何情况当即奉函告知。

南生、欧初均嘱笔向您问候。

谨此 敬祝

文祺！

苏庚春拜上

十一月二十日

信中谈及之"雄才、山月"，分别为"岭南画派"第二代画家黎雄才（1910—2001）和关山月（1912—2000），以画山水著称，黎雄才尤以画松树见长，关山月兼擅梅花。两人不仅在岭南画坛，在20世纪的中国画坛，均具有重要地位。苏庚春写此信之时，艺术市场虽已开始活跃，但二人之画价尚未如90年代后期以来一样高企不下，故彼时尚能延续七八十年代以来的风气，因人情因素而有限度地赠送作品。由于苏庚春与全国各地书画家均保持良好关系，很多雅好书画者往往向其求字求画。广东的藏家多求启功字，黄胄、李可染、周怀民、谢稚柳等人画；广东以外藏家则多求关山月、黎雄才、赖少其书画等。信中杨仁恺委托苏庚春求关、黎二人作品，即可窥其一斑。信中"欧初"，曾为广州市委书记、广州市第八届人大常委会主任，时任中共广东省委顾问委员会常务委员，也和吴南生一样，喜好书画收藏，富藏明清以来书画，与各地书画家和书画鉴定家多有交游。

　　此外，在画家周怀民（1906—1996）于 1980 年 9 月 11 日致杨仁恺的信札中，也谈及苏庚春："昨日到丁一岚同志家，有些关于退回古人名迹处理办法，彼亦盼兄能有机会来京商量。本来已和广州更春兄建议以赠送之名义，馆方给以奖金，数字只能在照顾方面去办理……"丁一岚（1921—1998）为历史学家、书画收藏家邓拓（1912—1966）妻子，"广州更春兄"即苏庚春。此时，"文革"刚结束不久，博物馆积存了大量的"文革"抄家或其他形式入藏的名人书画，急需有一个妥善的处理办法。除一些因家属要求、按政策规定必须无条件清退之外，苏庚春和周怀民所建议的以赠送名义并给予奖金的形式为博物馆留存了大量书画。在特定历史时期，这一举措对博物馆和收藏家来说，确实不失为一件双赢之举。

　　书信往还之外，杨仁恺和苏庚春的交游多集中在共同参与文物鉴定方面。有迹可查的记载有，1988 年 3 月 19 日，杨仁恺、苏庚春会同徐邦达、刘九庵等一道赴广东顺德博物馆视察，并鉴定馆藏书画；1988 年 11 月 23 日起，杨仁恺和中国古代书画鉴定组谢稚柳、启功、刘九庵、傅熹年、谢辰生等人到广东省博物馆鉴定书画，苏庚春全程陪同，一道鉴定。据杨仁恺《中国古代书画鉴定笔记》记录，是年 12 月 22 日，广东省博物馆设宴接待中国古代书画鉴定组所有成员，苏庚春与黎雄才、黄苗子等人均参加；28 日，谢稚柳画展在广州集雅斋举行，杨仁恺、苏庚春及关山月、黎雄才、吴南生夫妇等均到场祝贺并参观；29 日，广东省鉴藏家协会在广州成立并举行藏品展，中国古代书画鉴定组主要成员及苏庚春、吴南生、欧初、谢志峰、陈雨田等人出席；31 日，吴南生在广东迎宾馆设宴接待中国古代书画鉴定组成员，苏庚春及广东省政协几位副主席陪同。

1988 年 12 月，苏庚春（后排左五）与刘九庵（前排左一）、杨仁恺（前排左三）、启功（前排左四）、谢稚柳（前排右三）等在广州留影

这些碎片式的记录，构成了杨、苏两位鉴定家的学术轨迹，虽然并不清晰，但为我们了解那段书画鉴定历程提供了珍贵的第一手资料。

当然，杨仁恺与苏庚春的翰墨因缘远不止此，就笔者所依稀记得的，尚有他们一起参与多次书画鉴定、学术会议、互赠书画、多次书信往还等。遗憾的是，这些资料都没有信而可征的实物留存或文字记录。两人的学术活动离现在虽然仅仅才一二十年的时间，其记录却如此模糊不清。由此可见，对当代鉴定家的研究与资料整理工作也是迫在眉睫的。

（原载《中国文物报》2016 年 6 月 28 日）

传承与教诲
杨仁恺致朱万章信札

　　记得在 1996 年，我以论文《广东的三方隋碑》首次赴沈阳参加由文物出版社和辽宁省博物馆联合主办的"第二届中国书法史论国际学术研讨会"，东道主、书画鉴定家杨仁恺（1915—2008）先生迎来送往，给与会代表留下深刻印象。正是这次会议，我认识了德高望重的杨仁恺先生。他得知我是四川眉山人之后，以厚重的四川口音，热情地呼我为"小老乡"。两个忘年交，很有一见如故之感。

　　随后在北京、上海、澳门、香港、广州等地，还因各种学术研讨会或学术活动，我们还见过多次，其中印象最深的莫过于 1998 年在澳门、广州举行的"第三届中国书法史论国际学术研讨会"。有意思的是，该研讨会的主办方之一是笔者其时供职的广东省博物馆。作为东道主，我全程参与了与会代表的接待工作。会议在澳门完成全部议程后，代表们在广州参观由我参与策划的"明清法书与岭南书法"和博物馆的其他书画藏品。待其他代表陆续返程后，我特地陪杨仁恺先生在库房观摩馆藏书法作品。由于时间紧迫，他只提出看看海瑞的一件书法卷。该书法卷为一件很有争议的明人作品，由于海瑞传世作品极少，可资参证的资料不多，故古代书画鉴定小组的专家们对该作品一直持有不同意见。杨仁恺反复观摩该作品，认

1998年，本书作者朱万章（中）接待书画鉴定家杨仁恺先生（右）为广东省博物馆题词

为不仅书风是典型的明人书法，其纸质、墨色等各种辅助依据也是典型的明代风格。经过综合比对，他再次确认了自己的观点，认为该作就是一件典型的海瑞真迹。为此，他在临别时嘱咐我拍摄一套照片，他回去后好好研究，并鼓励我对这件作品展开研究，他可以推荐到《文物》杂志去发表。

杨仁恺回到沈阳不久，我寄去了他在澳门、广州等地活动的照片及海瑞作品图片，很快便收到他的回信。信封上印有"唐簪花仕女图人物"图案和中英文"辽宁省博物馆"字样，杨仁恺手书地址及收件人："510110，广州市文明路215号广东省博物馆朱万章同志启，杨。"信为挂号邮寄，沈阳寄出的邮戳时间为1998年11月8日17时（宁山路），广州收到的邮戳时间为1998年11月12日10时（白云路）。回信书写在印有"辽宁省博物馆便笺"字样的三十二开信笺上，全文曰：

　　万章同志：

　　　　大函暨照片均已收讫，谢谢！

　　　　遵嘱书贵斋题名附上，请收。

　　　　海氏诗稿文稿拟就，亟欲拜读，请附照片，以便参酌是盼！

　　　　我十一月十五日应澳门市政厅之邀，在那里工作五天，即返回珠海，能否再去广州，尚未决定。特问

　　　　近佳，馆中同仁从此。

　　　　　　　　　　　　　　　　　　　　　　　杨仁恺拜复

　　　　　　　　　　　　　　　　　　　　　　　11.7

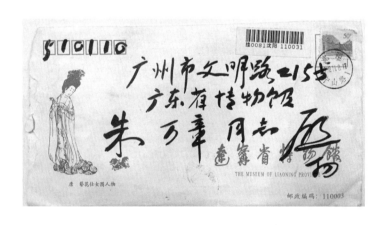

杨仁恺致朱万章信封

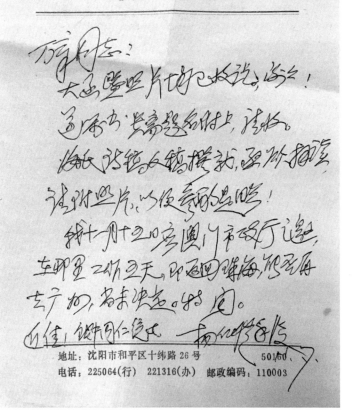

地址：沈阳市和平区十纬路26号　　　50160
电话：225064(行)　221316(办)　邮政编码：110003

杨仁恺致朱万章信札

杨仁恺为朱万章题写斋额"聚梧斋"

　　信中所言"照片"即指杨仁恺的活动照片与海瑞作品图片。"遵嘱书贵斋题名"是指为拙书斋题写斋额。当时由于时间匆忙，在观摩海瑞作品之后，仅匆匆为博物馆题写"物华天宝"数字，便奔赴机场回沈阳。他答应回去后再为我题写斋名。斋额题写在一张纵 33.5 厘米、横 68.6 厘米的宣纸上，书文曰："聚梧斋，戊寅冬月八十四叟龢溪仁恺题"，钤朱文圆印"长乐永康"、白文方印"杨仁恺鉩"和朱文方印"沐雨楼"。其时拙斋名本为"聚梧轩"，因杨仁恺先生觉得"斋"比"轩"更有味道，遂建议改为"聚梧斋"。"海氏诗稿文稿"即指海瑞所书书法诗卷，他希望我能将此诗卷写成文之后，寄给他，他看后再推荐给杂志发表。遗憾的是，由于学力有所不逮，再加上后来一直忙忙碌碌，对海瑞书法一直未能展开深入研究，直到今天，仍然未能将文章写成。以至于后来每次见到杨仁恺时，我都会趋前鞠躬致歉，并承诺争取尽快成文。而杨仁恺先生亦会记得此事，反复强调海瑞书法实属难得，如能早日发表，对学术界当是功德无量之事。在现存所见的海瑞作品中，笔者曾见北京故宫博物院所藏其信札，其书风与该诗卷有所不同，或可理解为信札较为随意自然，而诗卷较严谨规整。在清代岭南刻帖中，也有海瑞书迹，其书法与诗卷基本一致。清代刻帖时间，距海瑞仅仅一两百年，故当时鉴选者比今人更有机会见到海瑞真迹，应该说是比较可信的。因此，综合文献考据与杨仁恺的鉴定意见，笔者也认为海瑞作品当为真迹。而古代书画鉴定组其他成员认为存疑，主要在于缺少可资参考的依据。他们对该诗卷的时代风格也未曾提出质疑，也从侧面认可了杨仁恺的判断。对于杨仁恺来说，平生所见明人书迹不胜枚举，海瑞属于节烈明人书法，属非典型明代书法，对于这样一件于明代书坛来说无足轻重的作品，他从 20 世纪 80 年代在广州参加全国书画巡回鉴定首次见到此作开始，一直到 90 年代末，一直惦记此事，并谆谆告诫后学，希望以此为契机，对该类书法多加关注，必将有裨于学界。据此不难看出老一辈书画鉴定家不仅重视美术史上可圈可点的书画名家，对于书画鉴定中不为人所知的个案（如海瑞）也同样重视。惟其如此，无论从事书画鉴定，还是研究中国美术史，才会使学术研究变得更为丰富多彩。一部中国美术史，才会更加丰满和完整。

信中提及杨仁恺先生再次赴澳门差务之事，并无下文。因其时并无手机等通讯设备，联系多有不便，故他是否去了澳门也不得而知。但有一点可以肯定的是，后来他并没有途经广州，也就无缘再向其请益。庆幸的是，在此之后，还有多次与其在他处见面的机会。每次虽然都匆匆寒暄数句，但其对后学的鼓励与鞭策，总有如沐春风之感。如今，杨仁恺归道山已近十年，但因鉴定海瑞作品而留下的手泽，如醇厚的佳酿，历久而弥香。

（原载《收藏·拍卖》2019 年第 4 期）

古拙厚重的赖少其书札

赖少其（1915—2000）是20世纪卓有建树的书画家，广东普宁人，长期活动于安徽、上海，晚年寓居广东，故在华东地区和广东均具有广泛的影响力。他曾任中国版画家协会副主席、安徽美术家协会主席、上海美术家协会副主席、广东美术家协会名誉副主席、安徽省政协副主席等，以版画、山水、书法见长，兼擅花卉，著有《为了把艺术介绍给人民》《文代归来》《曹立山》《赖少其诗文集》等，有《赖少其作品集》《赖少其画集》《赖少其八十后新作》《赖少其书画集》《赖少其书信集》等行世。

赖少其在版画、山水画之外，书法亦可圈可点。其书从王羲之、欧阳询处得径，于金农的隶书及漆书浸淫尤深，并参以邓石如、伊秉绶诸家，形成独具一格的书风。记得在1993年，赖少其到广东省博物馆参加一个纪念领袖百年诞辰书画展开幕活动，我负责接待其即席挥毫。他濡毫蘸墨，当场挥写"一代天骄"四字，揭开首层宣纸，第二层墨迹清晰可见，第三层也隐约显现笔痕，据此足见其运笔遒劲，宝刀不老，古人所谓力透纸背，于兹尽显。

在笔者所藏的一件赖少其信札中，即可见其书法造诣。信封为广州市人民政府专用公函封，赖少其书写："安徽省泾县宣纸二厂，周乃空厂长启，赖少其"。书札亦用广州市人民政府信笺，全文曰：

> 乃空同志：
>
> 　　梁纪同志是著名花鸟画家，请供应他宣纸为荷。
>
> 　　致
>
> 敬礼！
>
> 赖少其
> 五月二日

　　收信人周乃空，1932年生，为浙江桐庐人，从军队转业后，任安徽省泾县宣纸厂技术副厂长，1984年任安徽泾县第二宣纸厂厂长，现为安徽省工艺美术大师、安徽泾县中国宣纸协会顾问、宣城市文房四宝协会顾问、安徽省造纸协会理事、安徽省工艺美术学会常务理事等，在宣纸技术的承传方面功不可没。更重要的是，由于其在宣纸厂的特殊身份，他与全国各地的很多书画家都有交往，包括谢稚柳、赖少其、许麟庐（1916—2011）、方济众（1923—1987）等在

赖少其致周乃空信封

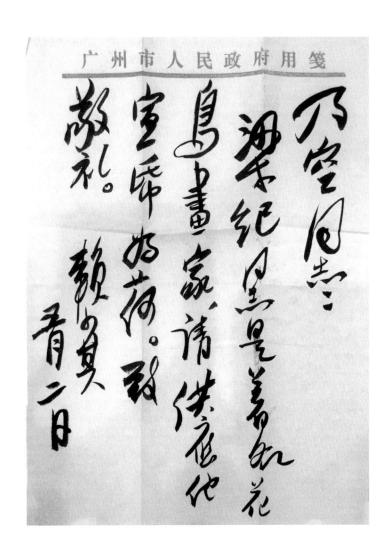

乃空同志：

梁纪墨是著名的花
鸟画家，请供应他
宣纸为荷。致

敬礼。

赖少其

十二月二日

赖少其致周乃空信札

内的书画家均与其有书信往还，许麟庐曾在信札中称其"吾弟大半生为制纸煞费心血，不负众望，并以自慰"，是对其宣纸事业的高度赞许。此札是赖少其介绍广州画家梁纪去安徽购纸的推荐函。梁纪，别名方纲，广东佛山人，曾任广州市工艺美术研究所副所长，与广州另一画家吴灏同为谢稚柳弟子，长于花鸟画，兼擅山水，其花鸟画工整细致，与谢稚柳早期画风极为接近；其墨竹与荷花多为水墨写意，挥洒自然，不落窠臼，出版有《梁纪传统工笔花鸟山水作品集》《梁纪画集》等。梁纪与赖少其交往中，除该信札外，尚有为其题写的"兰竹居"斋额。

此札虽仅三十二字，但可大致窥见赖少其厚重古拙的书法风格。此书不同于赖氏常见的源自金农的隶书或漆书风格，纵横潇洒，无拘无束。因其属隐秘性较强的私人信件，故在运笔时不拘成法，随意自然。惟其如此，方可见其书法之本来面目，故其在不经意中表现出的浑厚金石味，在短札中展露无遗。赖少其曾在1980年11月所写的《点滴体会》中曾说："我打了一个铁的对子：笔墨顽如铁，金石掷有声。这是表现我所追求的画的风格。我企望把画、书法、金石都能像铁打的，掷到地上会发出声音才好，这是一种追求的境界。"在这通信札中，便可见其追求的这种境界，其铿锵有力的声音与古朴厚实的力度，均跃然纸上。

赖少其在1980年11月15日的一份手稿中谈及其学习书法的体会和感悟："我经过了长期学习金农的漆书以后，发现金农也是从《兰亭》起家的，它的结体是学习《兰亭》的，不过比《兰亭》略长，和欧阳询却很相似。它的用笔，如写隶书，但有时也用篆，这一点也和欧阳询相似；颜真卿的字是从《兰亭》出来的，但比较端庄，直划粗、横划细。金农也从《兰亭》出来，但与颜真卿不同，是直划细，横划粗，其实道理相同，但我们都被他骗过了。"在赖少其的这件书札中，直划和横划交相粗细，相得益彰，并无规律可循，但从笔意和运笔看，仍然还是《兰亭》夯实的基础。或许这正是赖少其临池不辍的结晶。

在行将结束此文时，忽忆起 2000 年 11 月，赖少其在广州驾鹤西去，其时笔者尚供职于广东省博物馆，遂受先师苏庚春委托，代表博物馆起草了唁电："惊悉赖老仙逝，我们深感哀痛。赖老的去世，不仅是美术界的一大损失，同时也使我们文博界失去了一位良师益友。赖老生前极为关心我馆文博事业，并多次莅临我馆，为我馆即席作画，丰富了我馆藏品。在此，我们对赖老的去世表示沉痛的哀悼，并对其家属表示深切的慰问。"如今，赖老离开我们已有近十六年，但其音容笑貌还仿佛如昨。今展读其寸笺短札，在领略其书法风采之时，亦油然而生缅怀之意。

（原载《中国书法报》2016 年 8 月 23 日 3 版）

下　卷

（*1916—1941*）

古籍版本学家的翰墨情

从魏隐儒致苏庚春信札谈起

魏隐儒（1916—1993）是有名的古籍版本学家，在古籍版本鉴定与研究领域享有很高的声誉。他原名魏文庄，曾用名魏文潜，河北辛集（原束鹿县）人，早年供职于中华书局，1949年以后转入中国图书公司、新华书店、中国书店，后来供职于北京市文物局，从事古籍版本研究、鉴定。在20世纪以来的古籍版本鉴定、印刷史研究方面，魏隐儒称得上独树一帜，成就卓著。他长期浸淫于古旧书的整理、鉴定与研究，"每访得珍籍善本，辄反覆探讨，翻检前人著录，求教书林故老，察其优劣，辨其真伪，而且勤于积聚资料"（慕湘《中国古籍印刷史·序》）。他不仅具有鉴别真伪的"法眼"，更笔耕不辍，所著《中国古籍印刷史》《古籍版本鉴定丛谈》《印刷史话》《古籍鉴赏》《藏书家传略》《古籍装订修补知识》《书林掇英——魏隐儒古籍版本知见录》等，是古籍版本研究与鉴定、印刷史论方面的扛鼎之作。藏书家和散文家黄裳（1919—2012）称其"在版本著录上所下的功夫有突过前人之处，举凡书名、卷数、作者、断代、行格、版式、封面、刻工、题跋、藏印、纸张诸项无不一一著录，使一书的全貌粲若列眉，对藏书家和版本研究者都是绝好的参考资料。所著诸书，都为作者目见，绝无转相援引、不尽不实之病"（黄裳《书林掇英——魏隐儒古籍版本知见录·序》），可谓知人之论。正因如此，大凡涉猎古籍者，未尝不以其书为入门之径者。

　　在古籍版本之外，魏隐儒同时还是一个在艺术上造诣很深的书画家。他自幼喜爱书画，临习过《芥子园画传》及颜真卿的《麻姑仙坛记》、柳公权的《玄秘塔》、欧阳询的《醴泉铭》、赵孟頫的《神道碑》等，练就一身过硬的童子功。年及弱冠，魏隐儒便考入北平私立美术学院中国画系，受过系统的中国画专业训练。他还是李苦禅（1899—1983）的嫡传弟子，其绘画中的雄鹰便明显有李师影响之痕。他擅长花卉、翎毛，尤长于画鹰。其画从李苦禅上溯至徐渭、陈淳及八大山人，对吴昌硕、齐白石也有所借鉴，在书画鉴藏界有一定的影响。20世纪70年代后期，魏隐儒的画进入艺术市场，受到收藏家的追捧。

魏隐儒《书林掇英》书影

在 1979 年 7 月 5 日魏隐儒致书画鉴定家苏庚春的信札中，便可看到书画家身影的魏隐儒：

庚春同志：您好！

6 月 5 日来函，早经收到，省文物商店也于 6 月 27 日来信，谈及库存画件几千张，销售很少，每月才售出三四幅画，故将画件退回。分心之处，表示感谢。退件已分别交荣宝斋、外贸收购。

据说北京书画销售情况也不好。宝古斋、北京画店，都进行整顿，暂停收新画，外贸也暂不收新人的画。我已给他画了一年多，仍继续收。自广州回京后，黑龙江文物店、新疆文物店派人来京征求作品，我给他们画一二尺小画数十张，忙了一阵。

5 月底调至故宫，代中央纪委把康生在文化大革命运动中依仗权势巧取豪夺的图书文物，搞一内部展览。我搞古书部分，现已基本完成，回到文物局。昨遇马保山，今见赵存义，谈您对我热心照顾，不胜感激！请转告省文物店，退件早已收到，不另写信。祝

近好！

魏隐儒

79.7.5

收信人及地址为："广州市延安 2 路 401 号省博物馆，苏庚春同志启"，"延安 2 路"即今之"文明路"，为广东省博物馆旧馆所在地（新馆已于 2010 年搬迁至广州市天河区珠江东路 2 号）。寄信人地址为："北京市安定门外兴化西里 1 号楼 3 单元 102 号"，信笺上"北京

市文物管理处"为"北京市文物局"的前身。在信中，魏隐儒谈及
绘画代销之事及近来的工作情况。虽然只是寸笺短札，却蕴含丰富
的信息，有助于我们了解一个古籍版本专家的另一面。

　　苏庚春早年曾随父亲苏剔夫在北京琉璃厂经营字画店贞古斋。
1949 年以后，他转入字画古玩店宝古斋。在 20 世纪 60 年代，因工
作需要，苏庚春南下广东，先后任职于广东省博物馆和广东省文物
鉴定站。魏隐儒写此信时，苏庚春尚在广东省博物馆工作，这一年
的八月七日，他被任命为该馆保管部副主任。由于他在京、粤两地
的影响力，再加上其时广东得风气之先，为改革开放的前沿阵地，
故"文革"后很多书画家（尤其是来自北方地区的书画家）都借助
于苏庚春的地缘和人脉优势，委托其代为寻找鬻画门路。广东省文
物商店、广州市文物商店（粤雅堂、博古斋）、集雅斋及广东省博物
馆下属公司艺林轩等都是当时画家售画的主要场所，信中所言"省
文物商店"即为"广东省文物商店"。据信中所言，当时广州的新画

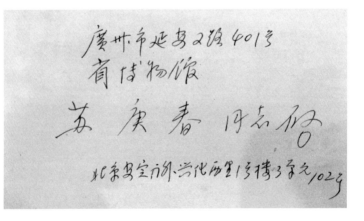

魏隐儒致苏庚春信封

北京市文物管理处

庚辰同志：您好！

6月5日来函，早经收到。省文物商店
也于6月27日来信。该项库存几千张，
古籍缺很少，每月才售出三、四幅画，故将画
件退回。分心之处，表示感谢。退件已分到
文学宗教、外贸收件。

据说此部书画销售情况也不好，宝古斋、
北京画店，都也进行整顿，暂停收书画，外贸也暂
不收私人作画。我已给他画了一年画，很难续收。
自广州回京后，里龙江文物店，新疆文物店派人来看
微末作品，我给他仿画一二尺小画数十张，批三一阵。

5月底调到故宫代中央纪委把康生在文化大革命运动
中依仗权势巧取豪夺的图书文物，特一一内部展览，所搞
古书部分，现已着车完成回到文物局。听说与您此。今先
赵朴义，该些时我热心照顾。不胜感激！请转告
省文物店退件早已收到，不另写信。　祝
近好！

魏隐儒
79.7.5.

魏隐儒致苏庚春信札

行情并不理想，"库存画作几千张"而"每月才售出三四幅画"，所以魏隐儒的画也只能和其他人的画作一样作"退件"处理。从信中还可知，在广州市场之外，"北京书画销售情况也不好"，但宝古斋、北京画店及外贸部门、黑龙江文物店、新疆文物店等机构也仍在代售魏隐儒画作，说明彼时整个书画市场不景气的情况下，魏氏绘画依然还是被书画经营者所看好。

在工作方面，魏隐儒谈到这年五月借调到故宫去参与整理抄没的康生所藏文物事宜。他主要负责康生藏书的整理工作。据有关文献记载，这批藏书不乏善本图书，魏隐儒发现了这些书大多来自藏书家刘盼遂（1896—1966）、阿英（1900—1977）和傅惜华（1907—1970）等人，"文革"中被康生所掠夺。书上大多钤了康生的"戊戌人""康生""归功""康生看过""大公无私"等印鉴。信中所提到的详细时间，正好可以与这段历史互证。信中还谈及"马保山"和"赵存义"，都是有名的文物鉴定专家。马保山又名马宝山（1911—2004），河北衡水人，曾在琉璃厂做学徒，从事碑帖书画鉴藏，尤精于碑帖鉴定，曾鉴藏孙过庭的《景福殿赋》、颜真卿的《裴将军帖》、元代张逊的《双钩竹》和盛懋的《秋江待渡图》等名迹，著有《书画碑帖见闻录》；同时兼擅绘画，善画山水、松竹，出版有《马宝山先生画集》，分别于1977年和1979年为苏庚春作《松柏竹石图》和《山水图》等；赵存义（1917—2001），河北冀县人，曾为贞古斋斋主苏郱夫的学徒，长于书画鉴定。据此不难看出，魏隐儒、苏庚春、马保山、赵存义等既是乡友，又是同道中人，他们有着相似的艺术经历，是20世纪初以来从琉璃厂和艺术市场中走出的文物鉴定家群体的缩影。

（原载《中华读书报》2016年8月3日总第1101期第7版）

文学家与鉴定家

曾敏之致苏庚春信札

　　曾敏之（1917—2015）是有名的文学家、报人，著有《曾敏之杂文集》《人文纪事》《望云海》《文苑春秋》《晚晴集：曾敏之记述的人物沧桑》《诗的艺术》《望云楼诗话》《古典文学欣赏举隅》《观海录》《旧曲难忘》《望云楼诗词》《书与史》等多部杂文、散文和诗词集，享誉海内外。他原籍广东梅县，落籍广西罗城，曾做过《大公报》记者、采访主任、暨南大学教授、香港《文汇报》副总编辑、香港作家联合会会长、香港文学促进会高级顾问等。因其长期生活、工作在粤港两地，且在文学创作之暇，雅擅临池，兼事书画鉴藏，故与寓居广州的书画鉴定家、全国文物鉴定委员会委员苏庚春交游甚笃。

　　曾敏之与苏庚春的交游是以书画鉴藏为基础的。作为一个享誉海内外的作家，曾敏之对享有"岭南巨眼"之称的书画鉴定家苏庚春可谓推崇备至。在1976年夏，他曾有二绝句礼赞苏庚春、张沛之伉俪。其一曰："曾凭博识鉴菁英，燕赵襟怀看岫云。解得天和随分乐，岭南风物最留实"；其二曰："对花写照品花忙，腕底漆来国色香。为有孤山高格调，故教绿萼傲冰霜"，并题识曰："庚春、蕴贞贤伉俪一精品篆，一画梅花，恬淡为怀，各有所宁"。第一首是歌咏苏庚春精鉴博洽，第二首则是歌咏苏庚春夫人张沛之的画艺。据此可见其对苏庚春伉俪的推许之意。

从曾敏之致苏庚春的信札中，更可印证二人交游的痕迹。

笔者所搜集的曾氏致苏庚春信札，凡三通，由于信封丢失，且作者并未署上年款，除第一通可以就信中所涉事项考证其时间外，其他两通无法确定其准确纪年。

第一通书写在一张纵 26.5 厘米、横 18 厘米的朱丝栏信笺上，书文曰：

　　庚春兄：

　　　　遵嘱写了两幅反右倾的字，请为审正，如不合格，扔之纸篓可也。

　　　　丹霞之游，定于何日？如取得周主任之介绍信，则于最近成行何如？乞与棣华老弟一商。祝

　　　　夏安！大嫂均此。

　　　　　　　　　　　　　　　　　　　　　　　　　敏之

　　　　　　　　　　　　　　　　　　　　　　　　　七月廿日

信中提及的"写了两幅反右倾的字"，是指参加当时由广东省文化部门响应上级号召，为反击"右倾翻案"而主持筹划的书法展览。苏庚春是展览的参与者之一，该展的时间是 1976 年。故此信的时间也应当是此年。写信的七月廿日，正是"反击右倾翻案风"最为炽热之时，故上行下效，广东书坛为迎合政治需要，举办应景展览，也算是时代特色了。信中"棣华"，即谭棣华，为苏庚春、曾敏之好友，与笔者亦有交游，曾为中山大学和香港大学教授，从事经济学研究，兼长书画金石碑刻研究与收藏，曾参与编著《先秦货币文编》

149

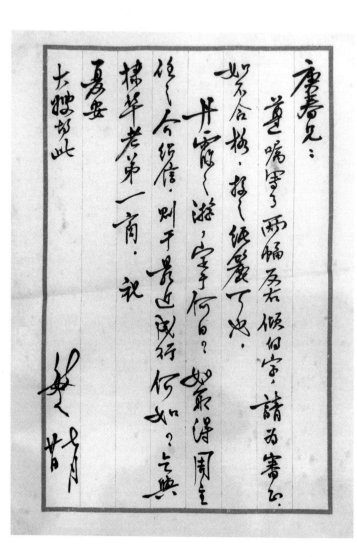

庚春兄：

　辱嘱书字两幅，另右，倘何字，请为审正。

以无合格，拙之纸震了也。

　井窗之游，究竟何日？如能得闲，全

佐之令纸信，则于最近成行，何如？之兴

棣华老第一商，祝

夏安

　大概如此

弟敏之

曾敏之致苏庚春信札之一

《广东碑刻集》等。

第二通书写在一张纵 9 厘米、横 45 厘米的宣纸上，书文曰：

庚春兄：

今遇谢锴兄，已晤周主任，相约酒叙之事，与之商量，初步定于廿四日星期六晚六时在东江饭店二楼之青松厅，由锴兄接洽定席，以工农商待遇而有雅座之清谈，此事待锴兄电话奉约为准。然后由兄转告周兴，棣华老弟建议以聚餐形式而免锴兄一分。如已定，希大嫂亦参加，不知尊意如何？有一古物，拟借慧眼鉴定，有暇请车过小舍一看，或星期六下午来，然后同赴东江亦好，悉候卓裁，专此并祝

双安！

弟敏之

七月廿六日

信中之谢锴（1923—），曾用名谢锐楷，广东番禺人，为"岭南画派"第二代传人方人定弟子，早年在广州开设风行美术广告社、雷达广告行，曾供职于广州市商业工会，1979 年调入广东画院。长于书画，书法以章草著称，绘画以山水闻名，兼擅梅花，出版有《谢锴书画》。1996 年 5 月 18 日，"暮趣墨缘——苏庚春、张沛之书画展"在广州市文物总店举行，在嘉宾签到簿上还见到有谢锴的名字。信中提及之东江饭店，为广州地区一间老牌的粤菜酒楼，位于广州市越秀区（原东山区）沿江路，笔者与先师苏庚春等人亦曾经常光顾。

从以上两札不难看出，苏庚春和曾敏之等人经常雅聚、远足、鉴古等，是其交游的主要形式。

第三通书写在一张纵 17 厘米、横 35 厘米的宣纸上，书文曰：

庚春兄：

棣华来告，才知道你已于廿四日起程去上海，想到上海后必忙于参观，祝你此行身心健康愉快，工作顺利！

有一件事，因行前未能一叙，特以此信奉托。如见到谢稚柳和唐云二老，请代求得二老之画作，不论斗方条幅均可。凭借你的交情，必能如愿。希为争取至感。此外，还乞代选购写大字用的湖笔两支，软硬的选择，以适合于我写苏黄体之行书为宜，你是专家，不劳絮了。款烦先垫，待返广州时奉还。如有适合我参考之书帖，也不妨代买一二。

广州近数日高温，室内达三十六度，为解放以来所未见。上海正入初夏，炎云初张，还希旅中珍摄。此祝

旅健！

弟敏之

五月廿七日

信中谈及请苏庚春在上海代其求谢稚柳、唐云（1910—1993）画之事。由于苏庚春与全国各地的著名画家几乎都有交往，且交情不浅，在当代书画尚未完全市场化的大背景下，很多雅好书画者都托其向名画家求字求画，如杨仁恺请其求关山月、黎雄才画，马国权请其求谢稚柳画等，这在当时来说，是文人雅趣的一种表现。苏庚春与谢稚柳、唐云交游频仍，几乎每次去上海或二人每次到广东，都会相互拜会，互赠书画，并有书信往还。他们之间交往的时间，最早可上溯到1958年。时年，尚供职于北京的苏庚春应广东省副省长魏今非（1903—1983）相邀，与王大山、欧初等赴上海为筹建中的广东省博物馆征集书画，先后拜访了谢稚柳、唐云、程十发等名

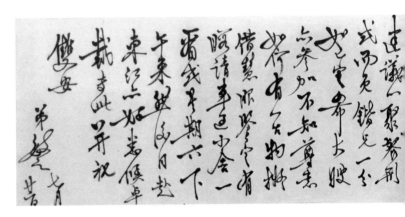

曾敏之致苏庚春信札之二

廈青兄今返谢

鍇兄已时周主停

初约涵叙之事

兴之商量初步

定于廿曰星期

六晚六时在重江

饭店二楼之青

松厅由鍇兄接

洽定，席从三票待

待遇而肯雅座

之清谈此事待

鍇兄电话奉约为

曾敏之致苏庚春信札之三

画家。此后，苏庚春与谢稚柳、唐云等开始了长达近半个世纪的交游。后来，苏庚春南下供职广东省博物馆后，便通过谢、唐二人为该馆征集了大量书画精品。该馆所藏祝枝山《楷书简亭记册》、北宋人《群峰晴雪图》等便曾经唐云、谢稚柳鉴藏或题跋，馆中所藏谢稚柳、唐云二人的书画，也都为苏庚春所征集。正是因为有着这样不同寻常的翰墨因缘，故曾敏之托其求画，也是在情理之中了。

曾敏之不仅是一个著作等身的作家，更是一个精研六法的书法家。在信札中，他谈及自己写苏（苏东坡）黄（黄庭坚）体，但就其信札及其他作品而言，他在临习苏黄基础上，很明显已经形成自家风貌。其小行书运笔洒脱，自成一格，这应当是和其腹中诗书分不开的。

遗憾的是，笔者无法搜集到苏庚春致曾敏之的信札。不过，在苏庚春的书法中，有一件书于1977年9月的《曾敏之诗轴》，其书文曰："晴光花树竹疏疏，几缕轻纨点画图。十里桂花香不断，迷人风韵是榕湖。敏之同志精于词律，一九七七年九月同为桂林之游，曾得榕湖指趣佳句。余读后喜为书之乞请正字，博陵苏庚春于羊城"，钤白文长方印"年过半百始学书"、朱文长方印"七十年代"和白朱文连珠印"苏""庚春"。该书为纸本，纵69厘米、横43.5厘米，曾被选入笔者于2011年策划的"纪念苏庚春先生暨征集书画精品展"及《纪念苏庚春先生暨征集书画精品集》中。此中记录了苏、曾二人同游桂林及曾氏"精于词律"，这或许是笔者所见唯一来自苏庚春方面关于曾敏之的文字记录了。

（原载《中国文物报》2016年12月13日）

"吉金乐石有真好"

程十发致马国权

　　余生也晚，并未有缘认识程十发（1921—2007），但我的师长大多与其为莫逆之交。先师苏庚春早在1958年就与其相识订交，尔后数十年，多有书信往还或书画酬往；我曾在广东省博物馆的同事兼前辈、陶瓷鉴定家宋良璧先生也与其交游，程十发曾为其绘《少女读书图》；与我亦师亦友的书画篆刻家、古文字学者马国权（1931—

1984年，程十发（右）与马国权（中）在香港赵少昂（左）家中

2002）更与其交往频仍，多得金石书画之趣。近日得程十发致马国权信札一通，更可印证此点。

此信札书文曰：

国权吾兄如握：

连续拜读大札两封，告我请刻印章已经告竣，不胜感谢。又以厚购食用托伟达兄带沪，只有愧领，日后再报，一并谢谢！又蒙再为贱躯奔走，求医问药，更使人感腑铭心。弟前因心脏不好，约十年前在乡间几度晕倒，经医验查，有冠状动脉硬化之可疑。今年又验查，诊断为冠心高血压，常半休在家。半月前曾至苏州小游，精神较好，看来除药物主治之外，还须休息。贵地医生所开之药物如六九一一，弟可以买到，定遵所教试用。

希常来书赐教，现待徐兄返沪，以尊篆先用为快耳。匆匆，即颂

大安。

弟十发

一九七二年十一月廿三日下午

此信虽并无信封邮戳留存，但从其落款可知写于1972年。从信中可知，其时程十发健康状况不是很好，诊断为"冠心高血压"，"半休在家"，马国权则从香港寄食品与医药慰问。近读王悦阳编著《程十发的笔墨世界》，称程十发自1968年起就被卜放到上海久新搪瓷厂及热水瓶厂劳动改造，从事脸盆、热水瓶的图案设计；在1972年时，"依旧失去人身自由，唯趁政治斗争闲暇之余，可偷偷作些尺幅极小的国画"。对照信中内容，可看出彼时程十发仍然是相对自由的，除"半休在家"外，"半月前曾至苏州小游"。书信因其是私密

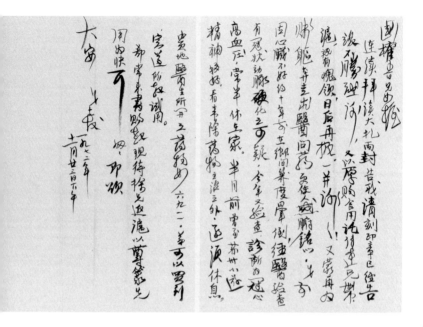

程十发致马国权信札

性很强的文书，既是真情的自然流露，也反映一定时期的社会现实，因而往往和日记一样被称为"信史"。此信亦可从侧面看出程十发在"文革"期间的生存状态，并非如相关文献所记载的那样"境况日艰"。

信中所言马国权为程十发刻印章，在《马国权篆刻集》（荣宝斋出版社，2005）中，可见到马氏为程十发所刻的朱文方印"十发"。此印在程十发为马国权哲嗣马博为所绘《少女与鹿》中与另一白文方印"云间程潼"同时出现。程十发在画中题识曰："壬子十月廿七日遥寄博为世兄雅玩，云间程十发"，此时间公历为1972年12月2日，是程十发写信之后的一个多星期，应是其收到马国权所刻印章

程十发为马国权书《行书七言联》，纸本，128×31.5厘米

吉金乐石好

化蜃著書丢俗情

试取晏溥邻眼王西泉联三字以贻

国权道兄博正

程十发

后所绘，正应了信中所言"以尊篆先用为快耳"。该画是一幅纵59厘米、横33厘米、约合一点八平尺的小画，正好也佐证了上述文献中所述"偷偷作些尺幅极小的国画"。

　　程十发在绘画之外，兼工书法，有《程十发行草书徐渭诗作》（东方出版中心，2008）梓行。有论者谓其书法多得力于秦汉木简，但在该信札中，似乎并无明显的秦汉木简痕迹。此书挥斥方遒，潇洒自然，虽然此时程十发境况并非得如人意，但其优游自如的心境，却在寸笺短札中表露无遗。

　　在笔者所搜集的程十发与马国权交游资料中，尚有程十发于1980年和1981年致函马氏的信札三通及未详具体时间的信札一通，言及程十发公子程多多到美国三藩市留学、途经香港，多得马氏照顾；程十发曾于1984年与夫人张金锜同赴香港中文大学讲学，1986年赴香港参加"现代中国画展览"及研讨会，则有赖马氏居中斡旋。1979年，马国权之子马博为新婚大喜时，程十发还作《长乐图》以为志喜，图绘一少女手持莲花，旁有两鹿相伴，其吉祥喜庆之意，跃然纸上；1986年，程十发为马国权长子马达为绘《年年平安图》，写折枝莲蓬、荷花插于花瓶中，以谐音取其平安吉祥之意；1991年9月，马国权六十大寿时，程十发还专门作了一幅纵130厘米、横80.5厘米的巨幅《鹤寿图》祝贺，并在画上题识曰："国权教授六秩大寿志庆"，所绘为梅花双鹤与灵芝竹石，既有长寿吉祥之意，又不乏文人清趣。此时，"文革"已结束15年，程十发已获自由身，故可随心所欲创作鸿篇巨制了。

　　程十发是有名的画家。他原名潼，斋名有步鲸楼、不教一日闲过斋、三釜书屋、修竹远山楼等，上海人，毕业于上海美术专科学校中国画系，曾任上海中国画院院长，擅画人物、花鸟，出版有《程十发画选》《程十发近作选》《程十发花鸟习作选》《程十发谈画录》

程十发为马国权绘《鹤寿图》，纸本设色，130×80.5厘米

《程十发画连环画集》等；马国权则是有名的学者、书法篆刻家，字达堂，广东南海人，历主中山大学、暨南大学教席，20世纪70年代移居香港，任《大公报》撰述员兼香港中文大学考古艺术研究中心研究员，曾师事古文字学家容庚（1894—1983），于金石书法篆刻多有造诣，著有《马国权印学论集》《近代印人传》《广东印人传》《金文编》《书法源流绝句》等。两人同为西泠印社理事，有着共同的金石书画之好。在1981年7月14日致马氏书札中，程十发说："最近作画亦图思变，故常作实验。若有所得，当再请教"，据此可知二公往还，除问及起居、嘘寒问暖外，多集中于艺术交流。程十发还曾专门改吴大澂（1835—1902）为王石经（1831—1918）书对联文字赠马国权，其文为："吉金乐石有真好，作画著书无俗情。"这既是马国权生活状态的写照，也可视作程十发的自况，见证了两人基于艺术与学术方面的交游。遗憾的是，现在无缘得见马国权致程十发信札和相关文献资料，不然必当另有一番精彩。

（原载《收藏》2016年第7期总第325期）

文物守护神的笔墨趣

从谢辰生致苏庚春信札谈起

　　笔者在整理国家文物鉴定委员会委员、书画鉴定家苏庚春往来信札时，发现一通谢辰生来函。信中并无年款，也无信封、邮戳留存。为了考证其来龙去脉，勾稽其蕴含的文化价值，遂引发采访谢老的想法。经友人引荐，在北京朝阳区安贞里一间朴素的书房里，我见到了已过鲐背之年的谢老。他亲自开门把我引进书房。我送给他一本《纪念苏庚春暨征集书画精品集》和拙著《销夏与清玩：以书画鉴藏史为中心》《学艺·朱万章和他的艺术世界》。他认真地翻看一会后，我们便进入采访话题。

　　谢辰生出生于 1922 年，江苏武进人。他回忆说，在 1946 年，其堂兄、历史学家谢国桢（1901—1982）受北方大学历史学家范文澜（1893—1969）委托到上海为该校购书，他遂随其兄至沪上。因机缘巧合，认识了郑振铎（1898—1958），后来他便做了郑的秘书，从此一生便与文物结下良缘。谢辰生是文物界具有传奇色彩的风云人物，他参加过抗美援朝，做过战地记者，但真正使他在文博界享得大名的还是他参与包括《中华人民共和国文物保护法》在内的多部重要法律、法规的起草，参与浙江定海旧城等多处文物遗址保护的鼓与呼，与傅熹年、宿白、常沙娜等十位文物专家一起联名倡议

2016 年 7 月 6 日，本文作者朱万章（左）在文物鉴定家谢辰生寓所

成立"文化遗产日"，为首部军队营区文物保护管理暂行办法《南京军区营区文物保护管理暂行办法》把关等，被誉为"文物守护神"。

我们的话题从文物保护开始，后来便聊到了中国古代书画鉴定组及其与苏庚春往还书札上来。他说在 20 世纪 60 年代便已成立书画鉴定组，其成员为韩慎先、张珩和谢稚柳。后来因韩、张的早逝和"文革"等诸多原因而停止了鉴定工作；80 年代，在谷牧（1914—2009）和邓力群（1915—2015）的支持下，重新成立了鉴定组。由苏庚春当时因身体欠佳请辞的话题，我便引入到谢辰生致苏庚春的信札上来。

该信札仅一页，全文如次：

老苏：

寄图录三本，请转致金明、吴南生和孙乐宜同志，收到后盼复告。

此致

敬礼！

谢辰生

五月十四日

　　谢辰生说，他和苏庚春的交往始于 20 世纪 60 年代初苏由北京宝古斋调往广东省博物馆以后，多是工作关系。在"文革"期间，每年两次的广交会，他都会到广州，那时苏庚春负责广交会中书画类出口商品的把关鉴定工作，所以几乎都会打交道。在 1983 年，广州发掘南越王墓时，谢辰生会同考古学家夏鼐（1910—1985）到广东，和苏庚春也有交往；1988 年 11 月 23 日起，中国古代书画鉴定组到广东省博物馆鉴定书画，直到次年 2 月 20 日结束在广东的鉴定工作，苏庚春差不多全程陪同，一道鉴定，每天都会照面，共同探

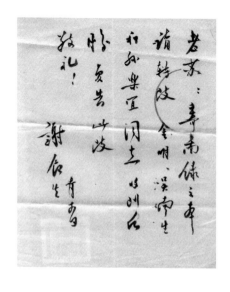

谢辰生致苏庚春信札

讨一些书画鉴定方面的问题。至于书画鉴定以外的活动（如书画展览、旅游参观或笔会、宴会等），则记得不甚清晰了。

　　谢辰生还谈到，他和苏庚春有很多书信往来，并不止于一封两封，可惜现在很难找到。由于和苏庚春来往密切，见面也很随便，所以才会在信中直呼"老苏"。在80年代中期，苏庚春退休后，每年夏天都会到北京避暑，住在东琉璃厂的桐梓胡同寓所。他们也会经常在北京见面。信中提到的金明（1913—1998），乃山东益都人（今青州），曾任中南局书记、国务院秘书长及河北省委第一书记等职，雅好文物，与广东地区文物鉴定界交游较多；吴南生是原广东省委书记，喜好书画收藏，晚年曾将部分书画捐赠给广东省博物馆、汕头市博物馆和深圳博物馆等，出版有《吴南生捐赠书画集》；孙乐宜（1907—1990），原名思墂，别名益坚，江西武宁人，在20世纪五六十年代曾任广州市副市长，1981年任广州市人大副主任、全国政协委员等。遗憾的是，谢辰生已无法回忆出写这封信的大致时间

2016年7月6日，谢辰生为本书作者朱万章题写斋额「梧轩」

及信中言及之图录名。但信中提到孙乐宜，其卒时为1990年1月24日，据此可知，此信的时间下限当不会晚于1989年。

在2010年出版的《谢辰生先生往来书札》中，有一封苏庚春致谢辰生的信，全信如次：

辰生同志：

　　宋、元书简事，回穗向南生同志汇报。他挺高兴。他说，有人能出钱代我们收进，那是再好也没有了。昨日又与他晤面，他嘱向您奉函询问一下，16号拍期已过，不知此物我们拍获到手否？近日不知有否消息，望您在百忙中赐我一信为盼。耑此敬祝

　　愉快！

苏庚春拜上

六月二十五日

信中提及宋元书简之事，我特此征询谢老具体情况。他说确有此事，但后来没有买成，至于是什么原因没有办成，有哪些人参与此事，都是些什么人的手札，很多已经记不清了。只依稀记得这批书简是在香港，当时想抢救回来交给广东省博物馆收藏，但最后没有成功。

有意思的是，在一通吴南生致苏庚春的信札中，也谈及此事：

庚春同志并告任发生同志：

　　我来在深圳。香港方面的朋友告知：有25件宋元名人书简拟于六月十六日在香港拍卖（有一本说明书，附上请收阅），不知是否真迹，国家要不要收购？请从说明书上先看看是否真迹

辰生同志：

　　宋、元书简至回穗向辰生同志

汇报他挺高兴。他说，有人供出现代

我们收进，那是再好也没有了。昨日

又与他晤面，他嘱向运车查询

问一下　16号拍期已过，不知此

物我们拍获到手无？近日不

知有否消息，望趁在万忙中

赐我一信为盼。专此敬祝

　　愉快　　　　　　　苏庚春　白上

　　　　　　　　　　　　六月二十五日

苏庚春致谢辰生信札

的可能程度。若有意购买，最好能派鉴定专家到港，由在港的朋友帮助，看东西，定是真品要收购时，由朋友们出面去参加拍卖买下来（价约为美金3—5万元）。

谷牧同志和我看了说明书后，觉得已见到的这六件（字），可能是真迹，都是书简、诗稿小品。但有无收购价值，要由国家博物馆考虑，若觉得有点兴趣，应来鉴定权威先看好再说。如需去港，手续在京办，朋友由我们这里介绍。

此事，时间太紧，拟请你们即打个长途电话到京（文博部门或故宫博物馆）问，他们的意思和可能（有没有收购的外汇）。估计这类小件，故宫兴趣可能不大。那就算了。如有兴趣，即将说明书寄去，如何处理，请他们与你们联系。

说明书用完后请退还给我。

专此并祝

近好！

　　　　　　　　　　　　　　　　　　吴，六月二日晨

我大约六、七日回穗。

信中的任发生，时任广东省博物馆馆长；而谷牧，当时从全国政协副主席位置退休不久。该信书写的时间是在苏庚春致函谢辰生之前二十余日。从信的内容看，当是吴南生先发现了这批宋元尺牍，由苏庚春致电（或致函）北京谢辰生。再参证上述信札，知道由谢辰生找到有关买家，拟竞购后交与广东省博物馆收藏。两信互证，整个购藏宋元书简事件便变得更加清楚了。虽然此事最终并未办成，但却凝聚了谢辰生等文物保护专家及吴南生等地方领导抢救珍贵文物的拳拳之心。

苏庚春信札并无确切年份，《谢辰生先生往来书札》将其定为

1994 年。诚如是，则吴南生信札也当为此年。

至于谢辰生与苏庚春交游的其他信札资料，在一通苏庚春和广东省博物馆陶瓷鉴定专家宋良璧共同署名、于 1975 年 12 月 17 日写给任发生的信中也有所涉及。彼时两位专家赴河南参观学习并征集文物，其中谈到："河南省博他们学大寨主要是要搞一个'农业学大寨'展览，其次就是考古人员配合农田水利搞调查，特别是他们搞了一个全省的文物工作座谈会，参加的人数初定是二百多人，后来共有三百多人参加，有外省的辽宁、黑龙江、北京、天津等地也参加了这个会议。北京文物局谢辰生参加了这个会议。我们想把他们这次会议的材料要一份寄回去（他们的会议在新乡，15 号结束的）。"信中专门提及谢辰生，并称其单位为"北京文物局"，当是"国家文物局"之误。据《谢辰生年谱》所载，是年 9 月 30 日，国务院决定国家文物事业管理局为国务院直属局，并未提及"北京文物局"之事，可佐证信中之误。

在笔者结束采访离开谢老时，他欣然捉笔，在信笺纸上为我题写书斋名，其全文曰："梧轩，万章同志留念，丙申初夏谢辰生，时年九十又五。"写好后，又从抽屉中拿出一枚印章，边钤边说："这是方介堪所刻。"方介堪（1901—1987）是现代著名篆刻家，曾任西泠印社副社长，有《文综》《两汉官印》《古印辨伪》《秦汉对识拾遗》《介堪论印》《玺印》等行世。我小心翼翼地收好信笺，深感谢辰生与苏庚春等老一代文物鉴定家的学术精神，如同这枚珍贵的信笺，我们应惜之、爱之，并传之恒远。

（原载《中国文物报》2016 年 8 月 23 日 7 版）

传统画家的笔墨情

周士心书简

　　周士心（1923—）是旅居海外的书画家和美术理论家，1923 年出生于苏州，毕业于苏州美专，曾师从吴子深（1893—1972）、吴似兰、张星阶（1909—1991）、柳君然等诸名家。1949 年后，他客居香港，任香港中文大学艺术系教习；1971 年移居美国，1980 年迁居加拿大温哥华，先后任教于台湾中国文化大学、加拿大英属哥伦比亚州立大学、美国洛杉矶加州大学、加拿大卑诗省立大学等，著有《八

1982 年 11 月，周士心（中）伉俪与张大千在台北大风堂

大山人及其艺术》《四君子画论》《周士心谈艺录》《画情画趣》和《我与大千居士》等。

　　周士心大部分时间都是从事书画创作与教学。记得在 20 世纪 90 年代后期，笔者曾在广州与其有一面之缘。其时，他与弟子司徒元杰等一行到广东省博物馆参观"岭南画派"画展，经时任香港艺术馆虚白斋书画馆馆长司徒元杰介绍，我和周先生认识并互换名片。当时见面的时间并不长，我只是陪同其观摩展品，一边交谈一边看展。一个多小时的观展结束后，我们便握手言别。从断断续续的交流中，我知道他在香港桃李甚众，在香港艺术界影响甚巨。他既从事美术教学、学术研究，也从事书画创作，是海外知名的中国艺术家和学者。

　　时间一晃便过了十数年，2015 年 12 月，无意间在北京的三联书店发现一本《我与大千居士》，系"海豚书馆"丛书之一。我一看作者是周士心，便赶紧买下。这是我在中国大陆地区第一次见到他的著作。我以极快的速度读完该书，对他与张大千的交游有了深刻的认识。1972 年 7 月，他与张大千合作绘《梅竹图》，张大千题诗其上："士心清瘦如梅花，对影挥毫苦忆家。我亦有园归未得，竹边梦绕一枝斜"，记录了两人的友谊及故国之思。因与张大千保持密切的关系，故二人合作绘画多达三十三帧，成为艺苑佳话。

　　近日，在广州得晤旅居加拿大书画家黄硕瑜先生，承蒙其割爱，喜获周士心致黄硕瑜信札一通，得以首次观赏其笔墨原迹。其信是从加拿大温哥华周士心寓所寄至多伦多黄硕瑜的嘉华画廊，其邮戳时间为 2001 年 12 月 3 日。邮戳中"12"为罗马数字，其余为阿拉伯数字。信封为周士心特制专用邮封，左上侧印着英文地址及中英文姓名。信笺亦为作者专用，左下侧印着"周士心用笺"字样。其书简全文曰：

硕瑜吾兄大鉴：

　　弟甫自大陆旅游归来，即收到画展原作及特辑，谢谢。

　　阁下费心策划于推广民族文艺，影响深远，意义不凡，敬佩奚似，用特专函致意。顺颂

　　艺安！

周士心顿首

十二月三日

信末钤朱文方印"周士心印"。

　　据黄硕瑜先生言，大致在 20 世纪六七十年代，他便和周士心在香港结识。后来两人都旅居加拿大，虽然分隔温哥华和多伦多两地，但时相往还。信中所言"画展画作"事，是指 2000 年 12 月 12 至 25 日，由黄硕瑜策划、加拿大驻广州总领事馆、广东省人民政府外事办公室、广东省文化厅联合主办，广东省美术家协会承办的"加中邦交三十载·中华丹青绘枫园"展览。该展览在广州市人民北路

周士心致黄硕瑜信封

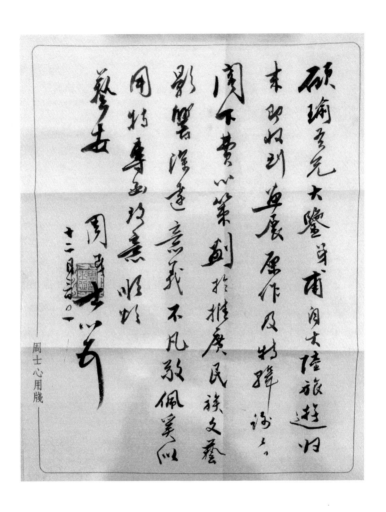

周士心用牋

周士心致黄硕瑜信札

的广东省美术家协会展览厅举办。展品选取了王鹰、马鹏、伍彝生、蔡鼎文、余世坚、何康德、朱雪虹、吕伟松、陈池畅（孔岳）、谈锡永（王亭之）、刘益之、梁燕玉、孟宝清、姚奎（登奎）、何永强、Jim Davis（吉姆·戴维斯）、Paul Sloggett（保罗·士罗根）、周士心、Gree Murp（莫菲）、马锡任、单柏钦、陈嘉猷、陈秋言、沈德兴、乌梅（张惠蓉）、章天柱、黄钳灼（牛丁）、石人（许昕鹏）、麦正（大煊）、黄硕瑜（锡儒）等三十人的三十件作品，既有中国画，也有水彩画、书法；画家中，既有旅居加拿大的华人，也有加拿大人；绘画题材方面，既有山水，也有花鸟、人物，尤以加国风物如北极雪景、白求恩故居、加国人物、枫叶、大瀑布等主题为多。本次展览，印象中我当时曾参与其事，并受黄硕瑜先生邀请撰写前言。遗憾的是，当时并未出版画集，只印制了一本简易的场刊，即便如此，这样的场刊现在已不易见到了。当时除黄硕瑜本人外，很多参展画家并未莅临现场。展品悉由黄硕瑜从加拿大带回，展出结束后再带返加国归还画家。所以，周士心信中，便有收到所退还的原作之说。

在本次展览中，周士心出品的绘画为一巨幅《秋意图轴》，所写枫叶与菊花，成对角线分置于左上侧和右下侧，相映成趣。作者题识曰："秋菊傲霜尘，枫叶江山花。千禧庆同调，相挈共一家"，并注明"以秋菊红叶象征中加友谊永存"。因当年为 2000 年，俗称"千禧年"，故有"千禧庆同调"之谓。枫叶与菊花分别代表加拿大与中国，很显然，此画传承了中国画的写意精神，别具怀抱也。

周士心先生擅画花鸟、山水、人物，是一个传统画学造诣精深的学者型画家。2005 年，他曾在中国美术馆举办画展，首次亮相于中国画坛。2010 年，周士心将书画五十件捐赠给家乡苏州博物馆，并举办捐赠展览。近日，因撰写该文的缘故，笔者特致电苏州博物馆主事者，获悉他们为该展览出版了专集。很快，我便收到他们寄赠的《情系丹青，心归故乡——周士心先生书画捐赠展》一书。书中除刊载全部展品外，更刊其艺术活动年表，据此可见其较为清晰完整的艺术活动历程。而周士心饱含传统学养的书画，亦在图录中粲然可观。诚如学者钱穆（1895—1990）所说："其画笔谨而逸，韵秀而厚。其画风一如其人品，其接于外者日广，其蓄于内者日深，内外交相发。"读其书简，复读其画册，均有如是观。

2016 年 7 月 30 日于京城景山小筑之梧轩

（原载《收藏》2016 年第 10 期总第 328 期）

燕粤两居人

苏庚春信札

　　1992 年 9 月，我刚刚在广东省博物馆入职不到两月，便经人介绍拜于苏庚春先生门下学书画鉴定。其时，苏先生已从广东省文物鉴定站荣休，被聘为广东省博物馆鉴定顾问。"顾问"虽是个虚职，却并非顾而不问。博物馆每遇有书画鉴定方面的问题（比如展览、出书、征集或整理馆藏辅助品等），都会敦请其亲临库房，一一释疑解难。正因如此，我得以有机会亲承謦欬，受其教泽。自从 1984 年苏先生退休后，他大多会选择夏季到北京避暑，冬天则返回广州。因此，他时常称自己为"候鸟"，且以"燕粤两居人"自许，并倩人刻朱白文闲章各一枚。在现代资讯尚不发达的 90 年代，苏庚春每年寓居北京的时期，我除偶尔到北京登门求教外，大部分时间都是通过打电话或写信联络。因此，虽然在其人生最后的近十年时间，我们经常见面，但仍不乏鸿雁传书。在现存的三通苏先生赐函中，可略窥其燕粤两居人的生活状态及师生之谊。

　　第一通信封先是用毛笔书写："510110，广州市文明路 215 号广东省博物馆朱万章先生启，北京宣武区琉璃厂东街桐梓胡同六号苏缄，100050"，然后再用圆珠笔补写："拜请雅兴先生转交，谢谢。""雅兴先生"为林雅兴，曾与我同时供职于广东省博物馆保管

1999 年，本书作者朱万章（左）与苏庚春在广东省博物馆举办书画鉴定讲座

部，他负责钱币、青铜器库，我则负责书画碑拓库。该信乃其胞兄
林亚杰出差北京，在苏先生寓所拜会后，带回广州转交。书信写在
一张发黄的宣纸废料上，算是废物利用，很是环保，与正式的信笺
相比反而别具意趣。书文曰：

万章兄，您好！

书签写了，现寄上请收，不知合意否？如不成，可撕掉再
写。祝

愉快！

苏庚春手上

六月五日

信封及内文均无年款，我在编《苏庚春年谱》时，误将其定为
1997 年。但此年的同一天，苏庚春另有函件寄来（下文将谈及），
同日两函，且以不同方式寄达，显然不可能。经回忆，此信年款当
为 1996 年，印象中此年夏天我曾随同吴南生、林亚杰等人一行赴

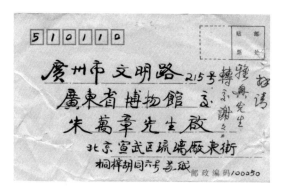

1997 年 6 月 5 日，苏庚春致函朱万章（信封）

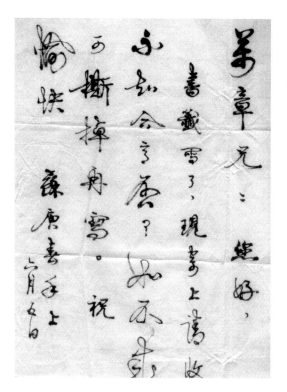

1997 年 6 月 5 日，苏庚春致朱万章信札

京，观摩故宫博物院藏宋代岭南书画家白玉蟾的《足轩铭》卷，并拜见在京避暑的苏先生。我当时向他说明，我正在筹备将几年来撰写的有关岭南书画的文章结集，初拟书名为《岭南艺谈录》，希望他能为此书赐题一个书签。他很爽快答应了，但因为工作原因，我很快便回广州，而林亚杰和吴南生等人则继续留京，因而才有前述委托林亚杰将信带给林雅兴转交之事。信中所言"书签"，即《岭南艺谈录》，苏先生横竖各写了一条。后来因为种种原因，该书并未按原定书名出版，而是将其内容一分为二，分别以《岭南金石书法论丛》（文化艺术出版社，2001 年）和《粤画访古》（文物出版社，2005 年）梓行，遗憾的是，《岭南金石书法论丛》刚付梨枣而未及见《粤画访古》，苏先生便于 2001 年 12 月驾鹤西去。

第二通信札也是托人从北京带来，但所托何人，已然记不清了，且信封已遗失。书信全文曰：

万章兄：

　　惊闻近日谢稚柳先生病故于上海，不知我馆接唁电否。如送花圈，可向邓馆长说说加上我个名，若没有，就算了。

　　握手！

苏庚春手上
九七年六月五日

1997 年 6 月 1 日，书画鉴定家谢稚柳在上海逝世。谢稚柳是苏庚春故交好友，两人有着半个多世纪的交游历程，此时正在北京修养的苏庚春听闻此消息，便托人捎来便笺。信中"唁电"乃"讣告"之误。"邓馆长"为广东省博物馆馆长邓炳权。此事当时由我经办，分别以广东省博物馆和苏先生名义向上海博物馆及谢稚柳先生夫人

华都饭店
HUA DU HOTEL

万章兄：

惊闻近日谢稚柳先生病故于上海，不知我馆接电唁否。如送花圈，可向邓馆长说，加上我个名，若没有，就算了。

顺年

爱庐、妻手上
九七年六月五日

1997年6月5日，苏庚春致函朱万章

陈佩秋发去唁电。1999 年，上海博物馆为纪念谢稚柳而出版《谢稚柳纪念集》一书，苏庚春还专门于 1998 年 11 月写了悼念文章，题目为《颂谢夫子画艺》。

第三通信札乃书写在一张纵 27.4 厘米、横 58.4 厘米的宣纸上，信封已失群，书文曰：

万章朱贤棣清览：

不晤面曲指已一月有余了，随时都在怀念中，卜一切安善为祝。

近日收来示并报纸，这对我糖尿病人，有很大参考作用，为此谨向你致以万分感谢。我身体还算好，没患什么大病，请勿念。余容后叙。耑此祝

暑安！

苏庚春顿首

九九．六．二十八

遇晓英同志请代问候，遥祝她身体工作都好。

1999 年 6 月，我在广州的报纸上发现有糖尿病预防及食物疗法的报道，遂将剪报寄往北京苏先生处，并附函问及起居、健康状况。信函寄出不到半月，便收到这封覆函。信中"晓英"即单晓英，时为广东省博物馆保管部副主任，亦为苏先生弟子，从事书画鉴定工作。该信札曾在笔者于 2012 年策划的"纪念苏庚春先生暨征集书画精品展"中陈列并收入到展览图录中。

曾记得刚忝列苏先生门下不久，几乎每年都会得到一幅他所书赠的书法作品。最早的一件作品书于拜师不久的翌年新春。当时，他打算送一幅字给我，特地问我有没有特别喜欢的古人诗词。其时

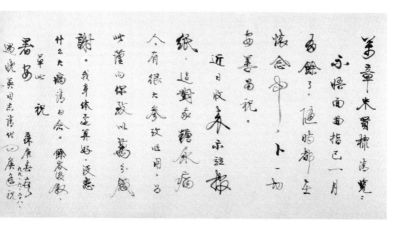

1999 年 6 月 28 日，苏庚春致朱万章信札

我正迷徐青藤，对他的诗词书画可谓如痴如醉，遂告知其特别喜欢徐的墨葡萄诗。第二天，便收到他书写在纵 69 厘米、横 37 厘米宣纸上的徐诗："独立书斋啸晚风，半生落魄已成翁。笔底明珠无处卖，闲抛闲掷野藤中"，并题识曰："明徐天池学士题画诗，癸酉新春书奉万章同学兄方家赐教，博陵苏庚春于羊城"，钤白文长方印 "燕粤两居人"和白朱文连珠印 "苏""庚春"。此时我便知道苏先生有一方印为 "燕粤两居人"。因缘巧合的是，二十年后，我北上供职，其年龄刚好与苏先生南下之时相若，遂仿其例，刻朱白文各一枚印 "粤燕两居人"，这或许算是对苏先生最好的纪念了。

（原载《收藏》2016 年第 12 期总第 330 期）

画家亚明的信札

亚明（1924—2002）是"新金陵画派"的代表画家，擅长山水和人物画。他不仅是江苏画坛的核心人物，在20世纪下半叶的中国美术发展进程中，也起着举足轻重的作用。他原姓叶，名家炳，号敬植，后改名亚明，安徽合肥人，先后任江苏无锡市美协主席、《苏南农民画报》主编、江苏省美术工作室主任、江苏省国画院副院长、中国美协江苏分会主席、中国美协常务理事、南京大学教授、香港《文汇报》中国画版主编等职。他曾在北京、南京、香港、台湾及马

1977年9月，亚明在湘西写生

来西亚、越南、新加坡、日本、泰国等地举办展览，出版有《访苏画辑》《亚明作品选集》《亚明画集》《三湘四水集》《中国近现代名家画集——亚明》《亚明近作选集》《当代名家中国画——亚明》等，是一个受美术界和收藏界广泛关注的画家。

亚明同时兼擅书法，其绘画在"文革"后和李可染、黄胄、赵望云等名家作品一样率先进入收藏家视野。笔者庋藏的一通他的信札，便可从侧面印证此点。该信全文曰：

吴振华同志：

我前天才回南京。见信尊示。寄上拙书三条。请贵宝号定之。近手头无画。过些时如有再奉上。

春安！

亚明

八五年二月廿五日于南京

信中吴振华，时为广东省博物馆职工，从事艺术品经营工作；"贵宝号"为当时广东省博物馆响应有关号召成立的艺林轩文化发展公司，吴振华兼任经理。该公司主要经营工艺品和当代名家书画，其店面地址在广东省博物馆旧馆所在地的广州市越秀区文明路与越秀南路交汇处西侧。由于其时书画鉴定家苏庚春供职于广东省博物馆，与其交往的各地书画家不胜枚举。该公司遂借助其广泛的人脉关系，与包括亚明、谢稚柳、启功、宋文治、程十发、马璇、黄胄、周怀民、何镜涵、魏紫熙、诸乐三、诸涵等在内的数十位书画家有书画代销关系。20世纪70年代末到80年代末是其兴盛期，当时名家云集，翰墨飘香，极一时之盛。该信虽仅只言片语，但所述事宜却可反映当时艺林轩与书画家在特定历史时期的商业关系。据主事

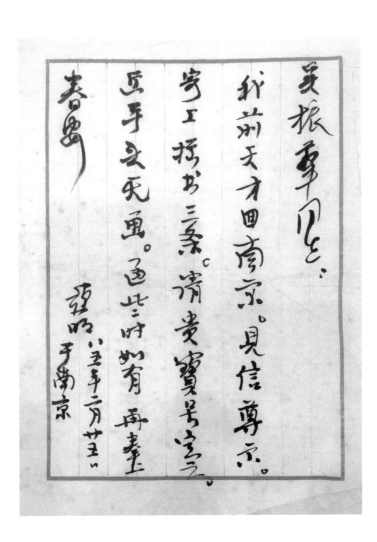

亚明致吴振华信札

者回忆，当时与书画家的合作是松散的，没有任何协议和合同约定。书画家在苏庚春的引荐下，或艺林轩经苏庚春的牵线搭桥，便相互建立联系。二者之间多为君子协定，事先也不约定价格和分成。书画家通过邮寄方式将作品寄达后，由艺林轩将其简单装裱并配框，放在店里销售。待书画卖出以后，扣除装裱、经营等成本费用，艺林轩便以稿费形式直接将书画款通过邮局汇给作者。这种模式持续大致有十多年，在全国各地大多如此。待 90 年代拍卖行兴起和私家画廊如雨后春笋般蓬勃发展之后，这样的合作便逐渐瓦解，包括艺林轩在内的很多事业单位下属的字画经营公司便都销声匿迹了。

写信时的 1985 年，亚明在北京劳动人民文化宫举办"亚明北欧五国写生作品展"，再加上他此时名声鹊起，各种展览和应酬极多，所以无法向艺林轩提供画作，只能以"拙书三条"寄售。虽然我们现在无从得知当时吴振华去函的内容，但据此信大致可推出不外乎向其索取画作代销之类。无独有偶，在亚明致书画鉴定家王大山（1933—1993）的信札中也谈及寄售画作之事。其中一通并无日期的信札末尾附言："我好像没有四幅画在贵宝号，我曾有带学生吴毅三幅给宝号的"；另一通落款"十二月十七日"的信札也说道："……本打算遵嘱写三幅奉，一是写出后自觉不相干，二来近日忙写漫画（痛揭四人帮），再又赶写大幅（北京展览和省展选用），因此迟覆，罪甚罪甚……先寄上《佐厄图》一条，那予（广东同志的画）任务，不久将来一定完成不误。"王大山为北京荣宝斋书画鉴定家、荣宝斋（香港）有限公司执行董事，信中言及"贵宝号"即为荣宝斋，据此亦可看出亚明画作此时也在荣宝斋供不应求，而信中谈及"广东同志的画"，则未知是否与艺林轩有关，俟考。

当然，亚明信札的书法意趣也是不可不论及的。此信用笔潇洒，随意自然，非刻意为之，但其法度与书写的随意性却并无违和感。

他曾在《中国画——独立于东方的意象绘画艺术》一文中谈及"清代晚期，由于大量墓志的出土，研究金石之学的人渐多，书家重碑，追求一种拙朴浑厚的风味"，而该信札也正是这种"拙朴浑厚的风味"的体现，厚重而不失飘逸萧散之姿。亚明是一个在书法上具有很深造诣的画家。笔者曾见其多件人物画中的长题，均笔走龙蛇，挥洒自然，与绘画相映成趣。亚明在谈及书法与绘画的关系时也曾说："特别重要的是中国画用笔与书法艺术有许多相同之处，所谓书画同源、书画用笔同法，这一特点是与西画根本不同的。画法与书法都讲究用笔造型的美感，千变万化，形成高度艺术性的线条美"，在亚明的书画中，无处不见其"线条美"。该信札因其私秘性，作者或许并未想到日后会作为一件"书法"而传之后世，但其不经意中所展现的"线条美"，却也是显而易见的。

（原载《中国文化报》2016 年 7 月 17 日 4 版）

因展览而结缘

吴灝致朱万章信札

　　吴灝和梁纪是谢稚柳先生在广东的得意弟子，其画风均受谢师影响，成为广东画坛中游离于主流绘画圈之外传统画派的代表。因两人均与先师苏庚春交善，且又因本人曾供职广东省博物馆的缘故，故与其交往过从。本人与吴灝的交游，多集中于20世纪90年代末。时因策划"吴灝吴美美书画联展"，故与其多有书信往还。该展由广东省博物馆主办，展出时间为1999年1月13日至20日，展出吴灝书法8件、国画44件、油画23件、吴灝女公子吴美美国画20件，共计95件，囊括了吴灝不同时期的代表性艺术作品，在学术界引起很大反响。

　　从1998年下半年开始，我们便开始筹备策划该展览。先是在其家中选画，议定参展作品清单，数易其稿；然后再商定展出时间、开幕议程等，断断续续忙了大半年。遗憾的是，由于条件所限，当时并没有出版展览图录，甚至没有印制请柬，只印刷了一个简单的展出清单，权当展览场刊了。该展览距今已有近20年时间，当时一起参与展览的很多同事要么已退休，要么已离职，故知之者甚少。好在近来在整理信函杂件时，发现吴灝来函两通，据此可回忆当时详细情景，遂记之以志鸿爪。

　　第一通信封用钢笔书写："510110，本市文明路 215 号广东省博物馆朱万章先生台启，体育东路名雅苑雅典阁 2 座 601，吴子玉，510620"，寄出邮戳时间为 1998 年 12 月 18 日（体育东路），收到邮戳时间为 1998 年 12 月 20 日 10 时（白云路 108）。信笺为一张边长为 23 厘米的正方形宣纸，书文曰：

万章先生大鉴：

　　属为"前言"，晚灯写就寄上，审阅，如何如何，请赐教示下。

　　诸宜珍摄，顺颂

近祺！

吴灏顿首

十二月十七夜

2012 年 8 月，朱万章再次拜访画家吴灏，左起：吴泰、吴灏、吴美美、朱万章

吴灏为朱万章题写"聚梧轩"斋额

随信寄来钢笔手书之前言，书写在 20 格 ×20 格的原稿纸上，共两页。因前言后来并未收入到吴灏文集中，且展览后电脑制作的前言版已丢弃，现在已不易见到了，故原文照录如次，以作将来学术研究之资：

前　言

予广东南海佛山人也，祖公吴荣光，先祖行医，已业三世。少日亦曾从家父习医，然鄙性好诗词书画，傍及篆刻，遂弃医学。

中年丧乱，虽穷极无聊之时，泪流频辅之日，未尝有一日以懈其志，忽忽已五十六年，二女美美少小于傍习画，兢兢业业，画腊亦近二十余年矣。

近百午来，国家多难，画道衰微，西风东渐，动荡不安，何去何从？或泥古，或崇洋，甚则全盘否定，无所适从。视西洋近代绘画之革新，不外从东方绘画之运线，用色之明亮得到启发，遂成创新，出现后期印象、野兽、立体各大派，它始终未有脱离其传统。中国绘画古今独立于世界艺术之林，要革新，必要通中华文化，中国绘画源流，掌握传统技巧，接受西方绘画有用之处，立足当代，热爱生活，推陈出新，必能与时代并进也。

中华古国有伟大的文化，往者惜其不重视自然科学，明年新世纪，祖国在飞跃进步，从此走向繁荣富强，绘画在不远的将来，定当在中国绘史上，写上新之一页，快意当前，书此数语。

吴灏 吴美美

广东省博物馆主办

1999 年 1 月 13 日

在前言的末尾，还附有一个"建议"："此前言请美工同志用黑仿宋体字。白地，四周边镶深红边线，谢谢。"该前言融合了吴灏对中国画的最新见解以及西方绘画潮流对中国画影响的看法，可以视作是当时吴灏的创作感言，所以在收到该前言后，我们未易一字，直接请美工按照他的建议制作成展板，放在展厅最醒目的入口处。

在收到此信不久，又收到第二通。该信由毛笔书写信封："510110，本市文明路 215 号广东省博物馆保管部书画组朱万章先生台启，体育东路名雅苑雅典阁 2 座 601，吴子玉，510620"，寄出邮戳时间为 1998 年 12 月 21 日 13 时（体育东路），收到邮戳时间为 1998 年 12 月 22 日 10 时（白云路 108）。此信并未有专门的信笺，而是一份铅印的展出清单，凡三页，首页用毛笔题写"吴灏吴美美书画联展"字样，钤朱文方印"戊寅"。第三页则用毛笔书写短札：

万章先生：

上函计达，此目录寄上。打印说明用，收后乞一覆话，谢谢。灏。

随清单尚附有一张边长为 23 厘米的宣纸，上书修改或更换的四件作品清单。

收到两信后，展览便进入实际制作阶段。印制展品说明牌、场地设计制作以及邀请嘉宾、媒体等参加开幕活动等，于 1999 年 1 月 13 日圆满、顺利地举办了开幕式，一时少长咸集，群贤毕至，极一时之盛。吴灏父女对展览的举办极为满意。恰好在展览闭幕时，正逢春节，我当时已返回四川老家探亲休假。吴灏特地打来电话，嘘寒问暖之后，告诉我说为表达对展览成功举办的谢忱，特地准备一张工笔的《薛涛小像》赠予，我再三婉谢不成，待回到广州时，他已题写上款，于是年元宵节特意赐赠。该画是其人物画的得意之作。他曾画过多件同题画，其中之一便陈列在本次展览中，获得观者好评，在展出结束后，他将此作捐赠给广东省博物馆收藏。而赠予我的《薛涛小像》则是另一件，作于"丁丑元宵"（1997），后于"己卯元宵"（1999）重题上款后相赠："万章先生雅属，己卯元宵子玉重题"，所绘人物精细工整，秀逸丰神，很有谢稚柳早期人物画风采。与画作同时相赠的尚有一件吴氏为拙斋题写的斋额："聚梧轩，万章先生属，子玉"，钤朱文方印"黄山云中客""吴子玉"和白文方印"古禅吴氏"。因吴氏祖籍佛山，而佛山又称禅城，故有"古禅吴氏"之谓。

（原载《收藏》2017 年第 7 期）

画家诸涵致苏庚春信札

诸涵（1929—2012）是活跃于 20 世纪画坛的花鸟画家。他字桂樵，别名大声，浙江安吉人，画家诸乐三（1902—1984）之子。除自幼随其父习画、传承衣钵外，他还分别于 1948 年入杭州国立艺术学校、1954 年毕业于中央美术学院，受过正规的西式美术教育。同时，他师从王个簃，并受美术名家黄宾虹、潘天寿、徐悲鸿亲炙。他擅长中国画，兼擅油画、书法、篆刻，先后任教于广州美术学院、浙江美术学院（今中国美术学院），尤以花鸟见长，著有《绘画理论与技法》。

诸涵长期活动于浙江、广东、香港等地，曾于 1982 年在深圳美术馆举办"诸涵、周昌谷书画联展"，1988 年在香港举办个人书画篆刻展览，其父子均与书画鉴定家苏庚春有交游。在一封仅存的诸涵致苏庚春的信札中，可略窥其交游轨迹。

该信札信封印有"浙江美术学院"字样，地址为"杭州南山路 98 号"，电话为"22316"，收信人及地址为"广州市延安路广东省博物馆内交苏庚春同志启"，落款"诸，6.23"，邮资八分，寄出地为杭州，邮戳时间为 1979 年 6 月 24 日 18 时；收件地为广州，邮戳时间为 1979 年 6 月 27 日。信札为两开，所用信笺之暗纹为诸乐三所绘梅花，淡红色衬底。信札全文曰：

庚春同志，您好！

上月中旬，我由广州返杭州，据家父说，您与陈衣同志刚到过杭州，并来我家向父亲拿走了画二张。

关于您馆字画小卖部，建议是否将作品经装裱出售更好，因为未经装裱一般顾客看不中意。如果担心裱了之后还是卖不掉，我想，向作者索取裱画工本费也是可以的。您以为如何？

这次调回杭州，工作仍在浙江美术学院，往后有事来信可寄杭州南山路九十八号浙江美术学院我收即可。以后望您和陈衣同志、良璧同志常来杭州玩玩。耑此即颂

暑祺！

诸涵顿首

六月廿三日

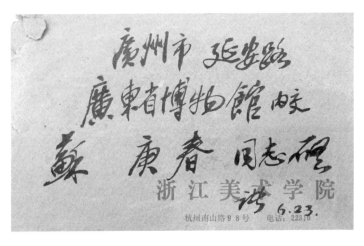

诸涵致苏庚春信封

陈衣、良璧等同志代为致意，李瑞祥同志信请便面交为感。

信中所言陈衣为广东省博物馆职员；"良璧同志"为广东省博物馆陶瓷鉴定专家宋良璧，其时为广东省博物馆保管部主任，诸涵曾于当年二月为其作《墨竹图》，题识曰："黑土君，良璧同志法家教正，一九七九年二月，诸涵写"，钤朱文方印"大声"和白文方印"诸涵"。所写墨竹两杆，随意为之，而不失墨韵清风；李瑞祥（1941—）原为广东省博物馆职员，1982年移居澳门，专事油画创作。他在1965年毕业于广州美术学院油画系，曾创作《井冈山会师》而名噪一时，出版有《澳门——中国油画发祥地》《李瑞祥画集》《澳门历史风彩》《台海玉山》《澳门历程》《百画心得》《瑞祥画选》等。

信札书写之时，正值"文革"结束不久，举国上下，拨乱反正，开始逐渐过渡到"改革开放"新时期。其时各个单位均在大力发展第三产业，包括广东省博物馆等事业单位在内的很多机构，都在利用自身的资源优势，开展多种经营。信中所言小卖部代销画家作品之事便是其例。这里所言的小卖部，极有可能便是后来成立的广东省博物馆属下的艺林轩文化发展有限公司，除经营笔墨纸砚等文房用品外，便是代销全国各地名画家作品。由于供职于广东省博物馆的苏庚春与书画家的友好关系，在这间看上去并不起眼的小店，一直以来经营着包括启功、李可染、黄胄、何海霞、亚明、魏紫熙、谢稚柳、唐云、陆俨少、黄永玉等著名书画家作品，在七八十年代盛极一时。直到笔者于1992年入职广东省博物馆时，尚能在店中见到关山月、黎雄才等人名作及络绎不绝的客人。这种状况持续到九十年代中后期，由于拍卖业的兴起，这样的经营机构也便无疾而终了。

诸涵因自幼受家庭熏染，故诗书画印都擅胜场。书法方面，更

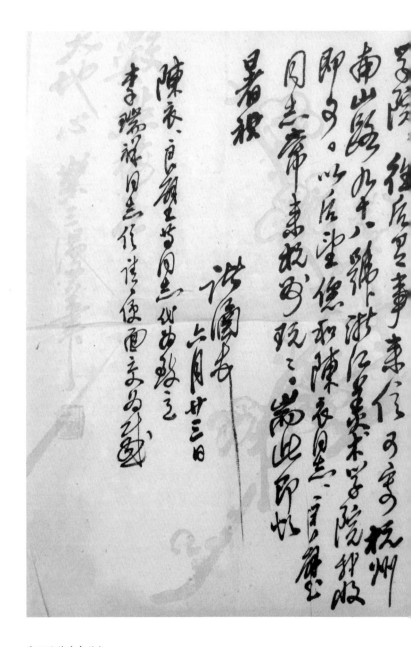

诸涵致苏庚春信札

唐云同志：您好！

五月中旬我由广州返沪，据家父

说您与陈衣同志们到过我处看画，甚来

我家向您祝寿之画二张。

美术总馆全画（山水画部）建议且云

将作品经装裱出售更好。自当尊经

装裱一般形式画不中意，如果想裱

之后再画，我在，向作者

裱画工作画如此好的，您以为何如？

这次调回杭州的，工作仍在浙江美术

体现出不同于其他画家的内蕴与历练。他曾临习过唐代的欧阳询、李邕，并对钟鼎、石鼓也下过很深的功夫，因而一出笔，便觉老辣劲健，从该信札中亦可窥其一斑。诸涵写此信时，年五十一岁，正是其年富力强之时。因信札所具有的非正式性质，故在其中更可洞悉其随意潇洒的笔性。信札中弥漫着一种从赵之谦、吴昌硕、诸乐山以来的笔墨传承，以金石入书，遒劲中带着浑厚。很显然，这不是从临池中可以轻易得到的。

（原载《收藏》2017 年第 1 期）

书中有画的杨之光书札

    杨之光（1930—2015）是享誉20世纪人物画坛的美术家和美术教育家，广东揭西人，历任广州美术学院教授、国画系主任、副院长等，曾以《毛泽东主办广东农民运动讲习所》《矿山新兵》《激扬文字》等红色主题的经典画作驰誉一时，出版有《中国画人物画法》《杨之光画集》《杨之光书法集》《杨之光诗选》等。他以人物画见长，兼擅山水、花鸟，晚年因身体原因，多以书法消遣，故其书法行世甚夥。记得在2014年1月2日，中国国家博物馆因举办一年

一度的迎新春楹联展，笔者受主事者陈履生先生委托，到杨之光家取其创作的对联。我先是致电说明情况，得到杨之光伉俪的热情回应。我到其在广州美术学院的寓所，其夫人欧洋女士将我迎入书斋中，和杨之光先生一起打开一幅对联，其联文曰："心情自得诗书味，室雅时闻翰墨香"，款署"辛卯中秋，之光书"。该对联书于2011年中秋，行笔流畅，笔墨精良，乃其精心书写之作。我代表主事者向两位老师致谢，并送给他们一本自己的画册《一葫一世界：朱万章画集》。欧洋女士知道我喜好画葫芦，遂将我带到二楼，把自己创作的油画葫芦找出来给我看。杨之光先生则在一边仔细地翻看我的画册。临别时，我斗胆地提出，可否请杨老为我题一个"一葫一世界"，以资鼓励后学，同时亦可作为将来出书或做展览用。没想到，杨老连声说"好的好的，过几天来取就是"。待我回去后，第二天便接到欧洋老师打来的电话，说杨老的题字已经写好，可以随时来取。我欣喜地再次到其家中，杨老已经准备好两条写好的题字。他说，第一幅写好后，不太满意，就又写了一幅。你都拿去，如果不满意，可以撕掉再写。我说哪里哪里，已经非常好了，我一定好好珍藏，好好学习。待回家后，细审之下，题字是写在一张五言联的书房对上，挥洒自如，极为雅致。杨老因长期浸淫于诗书画中，人书俱老，故虽只言片语，亦可见其腹有诗书气自华的书法内涵。近日，笔者在整理所藏他于20世纪80年代所写的一通信札时，也发现其早期书法的这种特色。

信札的信封已遗失，信札书写在印有绿色"广州美术学院"字样的信笺上，书文曰：

良璧同志好！

寄奉托底小品一帧，请指正。此乃初稿，定有不妥之处，

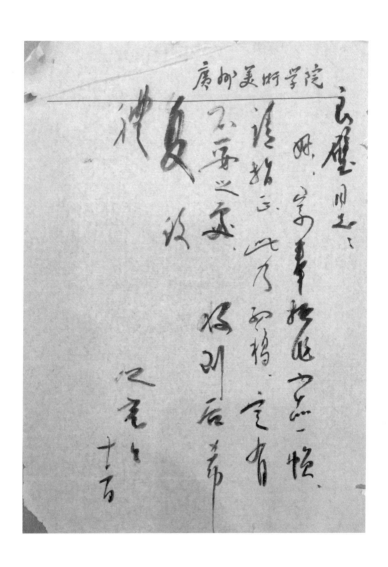

杨之光致宋良璧信札

收到后希复。致

　礼!

之光上

十二日

　　"良璧"即宋良璧，为广东省博物馆陶瓷鉴定专家，我的老同事，曾任广东省博物馆保管部主任，长期从事陶瓷鉴定、征集与研究，编有《广东省博物馆藏陶瓷选》，著有《古陶瓷研究论集》。信中所言"托底小品一帧"，乃指杨之光赠予宋良璧的一幅小画。巧合的是，笔者曾在宋良璧寓所见过此画。该画乃是一张纵68厘米、横44厘米的设色人物画，作者题识曰："良璧正之，癸亥暮秋写舞剧文成公主印象，之光"，钤白文方印"杨之光印"。"癸亥"为1983年，据此可知此信的书写时间亦为此年。该画所画轻纱薄翼的文成公主蹁跹起舞，在曼妙的舞姿中尽展其长袖善舞的天赋。作者构思巧妙，用淡墨渲染其若隐若现的纱帐，人物的线条与层次不同的墨色浑然一体，以红、蓝、黑三种色调表现出花枝招展、色彩斑斓的文成公主装束。虽然杨之光自谦此画乃"初稿"，实则匠心独具，将舞剧中能歌善舞的文成公主活灵活现地再现纸上。当然，为赠送此画而附写之信札，也与此画相得益彰，反映其随意潇洒的笔性，以及以画笔入书的书法风格。信中"处""收""希""复"等字，如舞动的旋律，很有节奏感与韵律感。这类书法，恐怕只能在其不为形式所约束的信札中可常见。遗憾的是，画的主人宋良璧于2015年归道山后，此画也就不知所终，只空余下一纸素笺记录着这段鲜为人知的翰墨往事。

（原载《收藏·拍卖》2016年第12期）

杨之光画赠宋良璧的《文成公主》，纸本设色，68×44 厘米，1983 年

奖掖后进，嘉惠学林

马国权信札琐谈

马国权是我熟悉的学者、书法篆刻家。他字达堂，斋号晚华楼，广东南海人，历主中山大学、暨南大学教席，20世纪70年代移居香港，任《大公报》撰述员兼香港中文大学考古艺术研究中心研究员，于金石书法篆刻及印学、书学多有造诣，著有《马国权印学论集》《近代印人传》《广东印人传》《金文编》《书法源流绝句》等。

1996年，我赴港参与香港中文大学文物馆举办的"居巢居廉画艺"展览开幕及座谈会，其时马先生任职中文大学考古艺术研究中心。之前早有拜读马先生的《广东印人传》等论著，仰慕已久，我们又同是中山大学的校友，又都喜好书画、篆刻，因而一见如故，自此开启一段亦师亦友的忘年之交。此后，我们鸿雁不断。马先生来信鼓励我要多写文章，还将我推荐给香港《大公报·艺林》主事关礼光先生，在该版开设每月一篇的岭南书画研究专栏。到1999年，这批专栏文章已有近四十篇，遂有结集梓行之想。我将其中关涉岭南金石书法的篇章，连同其他相关文章，合集为《岭南金石书法论丛》。为此，我冒昧致函马先生，恳请其赐序。近日在整理信札中，发现十数封马先生来函，其中关于为拙书赐序的信札至少便有六通，据此可见其奖掖后学之心。

第一通写于 1999 年元月十七日，全信如次：

万章老弟：

　　元月七日来信及拙书照片奉到，谢谢！

　　嘱序事，因手边已有三序之约，尊稿序谅二月方可命笔，未知太迟否？如不嫌其慢，请将大作寄下。最好能序成只奉序稿，因烦于往邮局退还尊著也。老弟工作之余，成此硕果，可喜可贺。

　　谨覆。即颂

文祺！

马国权拜上
元月十七日

望能附及足下简历。

马国权致朱万章信札（1999 年元月 17 日）

遗憾的是，现在已难以见到当初我去函的内容。但凭记忆，大致可回忆出信中"拙书照片"，当为《广东印人传》。此书乃马先生于 20 世纪 70 年代刊行并亲笔题赠广东省博物馆。信中"嘱序事"即是指《岭南金石书法论丛》之序。

第二通写于 1999 年 2 月 1 日，全信如次：

万章仁弟：

　　大作已由许礼平带下，勿念。内容丰富，具见多年努力。谈二居等篇，尤为充实。弟上函谈及请仁弟附一简历，便于作介也。

　　弟应中大文物馆之邀，整理省港澳三地少许收藏书画资料，然久经动乱，难于收集。如蔡语邨先生，往时见面不少，但一询及生卒、籍贯、简历、曾收藏书画则一无所知。此事万望代向苏庚春先生及从贵馆藏目录中抄示。另外，容老固追随二三十年，但其书画今归何所，亦请就市博等了解，各举剧迹约二十品见示，是所感盼。

　　大作资料阅毕，将托人带穗奉还。有关兄之写作情况，仍盼多详赐，以便命笔。寄舍下尤为快妥。

　　谨颂

近祺！

马国权拜启

二月一日

马先生再次提及作序之事。信中提及之许礼平，为香港书画收藏家，翰墨轩主人，曾主办《名家翰墨》，著有《旧日风云》《旧日风云续编》等。其时他常往来于省港两地，因出版《名家翰墨·广东省博物馆藏明画特集》《名家翰墨·广东省博物馆藏清画特集》而万章仁弟：

大作之由许礼平兄带下，为念。内容丰富真见多

年努力，诚三届等等，尤为充实，书上或误及语仁

弟附一简，应於作合也。

弟意中大文物馆之遗，整理省港澳三地少许收藏书

画资料，能尽保勤求，难於收集，如希语邺等语时

见面不少，但一词及生辛，辖要简应。曾收存方画则一致两

知，此于弟势代向谢盛惠先生及泽老饭藏图录中抄出

另好宏老图迎随二三十幅，但多书画今归伊所，须就

市博寄之能多攀剧踪约二十点，是所感慨。

大作资料周毕，拟托人带稿本远。尤阅先之深情

况，仍盼多详妈，心後命笔。书会不先其快英。

近祺

谨颂

马国权手启二月一日

嘱佳情

马国权致朱万章信札（1999 年 2 月 1 日）

与笔者订交。当时我将历年撰述裒辑影印，托其带给马先生指教。因书稿并不限于金石书法，故有谈及"二居等篇"之谓。信中所言之"蔡语邨"，为广东省博物馆首任馆长，曾为广东省政协委员，广西人，收藏书画甚富，曾将部分藏品捐予广东省博物馆；苏庚春为书画鉴定家，其时为国家文物鉴定委员会委员、广东省博物馆书画鉴定顾问；"容老"即容庚，古文字学家、书画鉴藏家，为马先生业师，曾将所藏碑帖捐予广州博物馆、书画捐予广州美术馆。

我收到此信后，遵嘱将蔡语邨捐赠书画目录抄示邮奉。很快，于1999年3月24日，又收到马先生回函：

万章兄：

三月十六日来书及蔡语邨先生捐赠书画目已奉到，谢谢。

多年来未归故乡，谅必有一番热闹也。

容老捐广州美术馆书画目，便中乞代一询，因中文大学原由弟所参与之计划，包括容老此一部分。去年弟亦回穗走访吴南生、欧初二公。

属件仍未着笔，歉甚。弟自年初退休后，索文求书、主持讲座、任主礼嘉宾等，纷至踏（沓）来，遂将该作之事拖下来。然对兄之嘱，极乐为之，以蜀人而精于粤事，甚难得也。

顺祝

文安！

国权拜上

三月廿四日

信中所言吴南生、欧初都是广州地区有名的书画收藏家，早年从政，退休后专事书画鉴藏，所藏书画宏富，尤以明清书画多且精。

萬章兄：

三月十六日来书及蔡语邨先生捐赠书画已

奉到，谢之。

多年来归故乡，谱必为一番热闹也。

宽之捐赠物美术馆去画图，函中气代一询，

惟中大学原由朱乃参与之计划，急拟宽之书一部

份。志章弟忘回穗查访其南生，欧初二公。

展伴仍未着笔，颇甚。弟自笔初迄休後

索文乘书，主持诸座，任主持寿宴，终至踏来

逆好该作之子挝尤素。纸对尤之嘱，终安为之，以

冀人而糊於粤事，甚难偿之也。

國權手上三月廿四号

文安

祇祝

马国权致朱万章信札（1999 年 3 月 24 日）

所言"嘱序"之事,一直未曾动笔,其原因在于荣休后反而应酬日多,未暇捉笔,或可证其晚年声名日隆,应接不暇。以马先生是时之名望,完全可以对"嘱序"之事搪塞过去,但其一直耿耿于心,多次言及,这是我所始料未及的。

第四通写于 1999 年 11 月 27 日,全信如次:

万章兄:

得读大作,至快!剪报两张,奉呈留念。弟在香港中大艺术系及港大专业进修学院兼课甚忙,加之稿债不轻,故对兄之所命,迄未缀笔,深以为罪也。

匆此。即颂

著祺!

马国权拜上

十一月廿七日

信中所言"大作",乃拙文《天然和尚书艺浅谈》,刊发于是年 11 月 26 日的《大公报·艺林》周刊。马先生再次就"嘱序"之事深感歉意,使我已有愧疚不安之感。

第五通写于 2000 年 6 月 3 日,全信如次:

万章先生:

五月廿一日手教奉到。欣闻大作付梓有期,曷胜欣幸。愧弟杂务繁多,所命迄未交卷为罪耳。当尽月底前邮奉赐正,书不尽言,伏祈曲宥。

即颂

著祺!

万章兄：

得读大作，至快。剪报两张，奉呈台览。

弟在香港中大艺术系及港大考古美术系

学院兼课甚忙，加之稿债不轻，故对

兄之所命，迟迟未缴卷，深以为愧也。

匆此。即颂

著祺

马国权上 十一月廿七

马国权致朱万章信札（1999 年 11 月 27 日）

万章先生：

五月廿日手教拜到。欣阅
大作付梓有
期，为兄欣幸。愧弟
释务繁美，疏
远未立卷赤冤耳。嵩岁月
屋春郊
望赐正，书不尽言，伏秋
曲宥。
即颂
暑褀

　　　　　　弟马国权手上六月三日

马国权拜上

六月三日

收到此信的当月十五日，马先生便又来一信，并手书序言一并寄来。其信曰：

万章兄：

命序已草就，不知可用否？如觉其中有不妥之处，务请自行修改，不必征询拙意也。出版机构名称，有劳补上，谢谢。匆此。顺祝

文祺！

弟国权拜启

六月十五日

序言书写在稿笺纸上，为横直两用的五百格稿纸，印有"我的稿纸"字样，为香港上海书局监制。因该序言仅见于拙书中，流布未广，遂全文照录如次：

近几年来，在香港《大公报》的《艺林》周刊、在《岭南书艺》《书法丛刊》《中国书画报》《艺海藏珍》等多个报刊上，都经常读到署名朱万章的介绍广东金石书画的文章，资料详尽，议论精严，读之令人不忍释手。初不识其人。后来有机会相见，才知道他是1992年在中山大学历史系的毕业同学，是我们后生可畏的校友。他一毕业即进广东省博物馆书画部供职，并投入了馆藏书画的整理与研究，条分缕析，辅以观察所得，笔之为文，颇为书画鉴定家苏庚春先生所称许，并曾参加《广东省

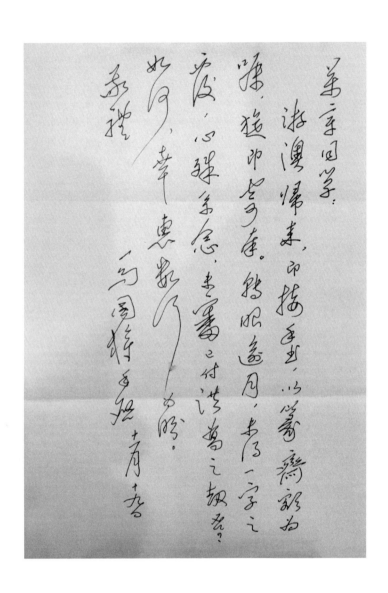

万章同学：

游澳归来，即接手书，以学兄斋部

嘱，猛仰岂可辞。鹤眠适月，书后一字之

疑，心殊系念，查书之付诸弟之叔否？

如何，草此奉复，即颂

新禧

　马国权手拍　十月十一

马国权致朱万章信札

志·艺文志》的编撰工作。由于有着相同的爱好，我们虽然港粤两地相隔，但亦时有往还。他的谦虚好学、积极进取，给我留下深刻的印象。

上月，接朱万章君来信，说他近年所撰文章，部分已辑成《岭南金石书法论丛》，将由□□□□□□□□□□□梓行，并嘱我写一序言，我虽未及获读全稿，但以平素涉猎所及，已觉蔚然可观，因此也就欣然从命了。此书分上、下两编：上编主要谈广东的金石碑刻，计有广东的隋碑和唐碑、阮元主辑的《广东通志·金石略》的现存碑刻，及清代岭南诸家所刻的丛帖等文，皆稽古有得之作。下编收文二十七篇，主要评介自宋至近代广东著名书家白玉蟾、陈琏、陈献章、梁元柱、天然和尚、澹归和尚、何吾驺、屈大均、陈恭尹、黎二樵、宋湘、黄子高、吴荣光、康有为等，并给读者以很好的论述。这无疑是一本了解广东古代书法名迹的佳著。

广东文化艺术源远流长，有待继续整理研究的课题尚多，而且有不断深化的必要。近数十年间，著名学者叶恭绰、简又文、容庚、冼玉清、汪宗衍等诸先生已为我们树立了良好的楷模。朱万章君成此新著之后，仍盼再接再厉，将已写的有关广东绘画的文章早日整理面世。

二〇〇〇年六月十五日马国权于香港

信中讲到出版机构事宜，在其序言中，专门空出一个位置以待补缺。因当时并未确定为何家出版社梓行。序言中提及的"阮元主辑的《广东通志·金石略》的现存碑刻，及清代岭南诸家所刻的丛帖"，前者因终究未写出，后者因篇幅太长，均未收入书中。序言中讲到："由于有着相同的爱好，我们虽然港粤两地相隔，但亦时有

往还"，便是指数年来的鱼雁传书。次年四月，拙书《岭南金石书法论丛》由北京的文化艺术出版社刊行，这是笔者的第一本个人论著，马先生赐序，无疑对我是一种极大的鞭策。遗憾的是，是书出版后的第二年四月，突然收到《大公报·艺林》编辑关礼光先生来函，信中附有一张《大公报》剪报，上面赫然登着马先生离世的新闻，让人极为震惊。马先生在序言中曾勉励我"成此新著之后，仍盼再接再厉，将已写的有关广东绘画的文章早日整理面世"，他所说的这本论著后来定名为《粤画访古》，交由文物出版社于 2005 年 5 月刊行。虽然马先生没能看到此书问世，但亦算未能辜负其殷切厚望，庶几偿其夙愿了。

（原载《收藏》2016 年第 9 期总第 327 期）

会议与学缘

王玉池致朱万章信札

　　人与人之间的认识与交往有多种方式，具有不可重复性。回想起来，我和书法史学者王玉池先生的交游，完全是因为学术会议。记得从 1994 年起，由文物出版社主办的"中国书法史论研讨会"每隔两年举办一届，截止 2013 年 10 月，已断断续续举办九届。我先后参加了第二、三、五、六、七、九届，而王玉池先生则是除主办方以外唯一一个每届都参加的学者。以至于在 2013 年 10 月 18 日在四川雅安举行"第九届中国书法史论研讨会"时，与会代表纷纷举

王玉池为朱万章题写"聚梧斋"额

杯为年已八十二高龄的王玉池祝贺，并笑言若两年后再举行"第十届中国书法史论研讨会"时，他便成为真正的"十全老人"了。

　　我是在哪一届研讨会时与王玉池订交，现在已无法回忆具体的细节。印象最为深刻的是 1998 年在澳门、广州举行的"第三届中国书法史论国际学术研讨会"。其时我作为主办方之一的代表，全程参与在澳门、广州等地的接待工作。王玉池先生随和、笃实，说话慢慢腾腾，给人留下深刻印象。在广州作短暂停留时，不少来自广州的书画爱好者慕名前来入住的华夏宾馆向其求字，而他总是有求必应。待其回京后，我去信寄去了在广州、澳门拍摄的活动照片，并提出可否为书房题写斋额。信寄出不久，即收到复函。

　　回函用的是印有"农村读物出版社"字样的信封，王玉池用毛笔书写地址及收件人："510110，广东省广州市文明路广东省博物馆朱万章先生，北京建内小雅宝胡同 85 号王，100005"，北京寄出邮戳是 1998 年 10 月 10 日 11 时（东四 14），广州收到邮戳是 1998 年 10 月 21 日 15 时（白云路 108）。信笺为一张不规则的浅红色便签纸，全文曰：

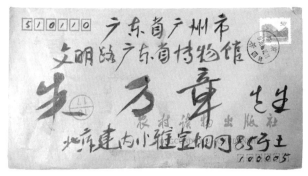

王玉池致朱万章信封

万章先生：

　　大函收到，祝贺您新添书房。遵嘱写了斋名，不知可否？十分感谢在广州您的关照。

　　即颂

文安！

　　　　　　　　　　　　　　　　　　　　玉池顿首
　　　　　　　　　　　　　　　　　　　　十月十日付

　　信中所言"斋名"，王玉池先生随信寄来一张纵30厘米、横67厘米横幅，纸张略显发黄，已没有常见的火气。书文从左至右曰："聚梧斋，玉池名斋题"，钤朱文方印"王玉池"和"束鹿人氏"。因王玉池出生于河北束鹿县（今为辛集市），故有"束鹿人氏"之谓。所书斋额与其信札一样，随意潇洒，字体或大或小，不拘成法，很有文章学问之气。在多次研讨会上，我聆听其略带口吃的发言，内容不温不火，柔中带刚，将要阐述的问题娓娓道来，很是令人折服。这恰如其书法，恬淡中不夹杂任何世俗之气，已将学术与临池融为一体，属典型的学者书法。

　　当然，在多次的研讨会接触中，更多的还是领教其抽丝剥茧式的治学方式。他在谦逊与笑谈中，已不知不觉展露其深厚的学术功底。正如展读其零笺短札及不经意间书写的斋额，令人回味有时。

（原载《收藏》2017年第8期）

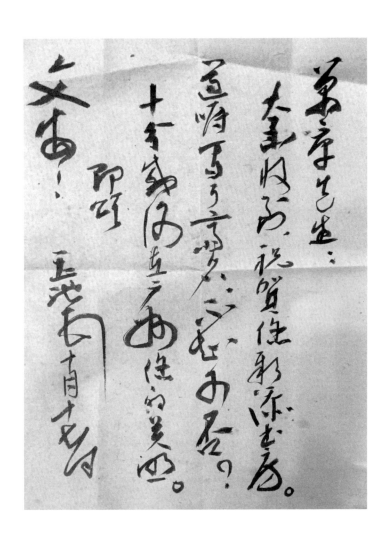

万章先生：

　　来函收到，祝贺你新添书房。

　　遗憾写了这么久，这书至今画不完？

　　十年磨一剑，画完定是幅佳画。

　　即叩

　　文安！

王玉池 十月廿七日

王玉池致朱万章信札

薛永年诗书俱佳

美术史学者薛永年不仅学识渊博，著作等身，在诗歌及书法方面也有很深的造诣。曩年我参与主持"广东历代绘画展览"及研讨会，盛邀其撰文赴会。后来因主事者原因，研讨会未能如期举行，但文集却逆势梓行，堪称奇事。薛先生寄来电子文本光碟，并附短札，文辞简短，而书法隽雅，不拘一格，自此始知其雅擅临池，颇具旧时文人风范。

甲午新秋，我因结集出版《销夏与清玩：以书画鉴藏史为中心》，冒昧请先生题写书名。未几，即收到短信，谓签已题好，可在广东某研讨会中交付。待喜获题签，远远超出预期效果。先生所写书签一丝不苟，古拙厚重，乃典型的学者书风。拙书付之梨枣，先生题签即引学人垂注，叹赏不已。

癸巳仲夏，我入职京华，与薛先生时相往还，或互通短信，或登门造访，或重聚于各地研讨会中，多得其勉励，受益良多。乙未秋杪，忽得薛先生发来微信："正在酝酿一首题足下画葫芦的小诗，想好写一小条相赠"，我喜不自禁。不多日，便收到微信图片，乃所写小诗条幅："名画鉴今古，灵光笔底融。葫芦不依样，满纸起秋风"，并题款曰："题赠万章方家画葫芦，乙未深秋，方壶翁永年"，钤朱文

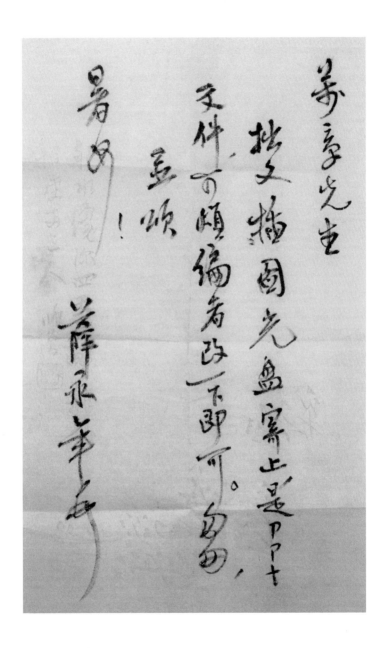

万章先生

批文据图先盘窜止是下下十

文件可顺便看改一下即可自，

至顺

暑如！

薛永年年年

薛永年致朱万章信札

长方印"方壶"及白文方印"薛永年"。诗极清雅，其奖掖后进之拳拳爱心，溢于言表。书法则朴厚质茂，不流于俗，盖其学问文章之气，尽现纸上矣。

丙申新正，太庙举"穿越敦煌·文明的回响"艺术展，多为中央美术学院美术馆及敦煌研究院所藏近世名家传移模写敦煌壁画之作。午间赋闲，移步往观。中有吴作人、段文杰、谢振瓯、董希文、萧淑芳、李其琼、赵俊荣等诸家精心临摹之作，下真迹一等，可圈可点。尤其萧淑芳《临拏麦积山壁画白描神像》五帧，笔精墨妙，线条遒劲，若行云流水，得敦煌飞天之神韵。尤可惊喜者，乃前后各一帧薛永年题跋。其一曰："天外惊鸿妙乐。天水麦积山石窟始于十六国，盛于北朝、隋唐，其雕塑、壁画，秀雅绝伦，飞天尤宛妙。四十四年前，淑芳先生曾随团前往考察，因以白描写生。此卷飞天态若惊鸿，笔如行云。永年敬题"，钤朱文长方印"长乐"及白文方印"薛永年"；其二曰："丝路曾结翰墨缘，醉心先匠画飞天。白描又见传神笔，花雨缤纷落砚田。七绝奉题淑芳前辈麦积山飞天卷，辛巳永年"，钤朱文长方印"长乐"及白文方印"薛永年"。薛诗平实质朴，史论相参，独具匠心；而书法乃十五年前所书，火气已消，凸现平淡拙朴之趣，乃学术之延伸，诚非临池中可得。喜见此书，与今书相比，虽乏流畅练达，但可略窥其盛年之风采。欣喜之下，即发图予先生，与其共赏，先生即回复："诗尚可，字没写好，惭愧"，其自谦之情，于兹可见。

薛永年（右）为本文作者题葫芦诗

萧淑芳《临摹麦积山壁画白描神像》

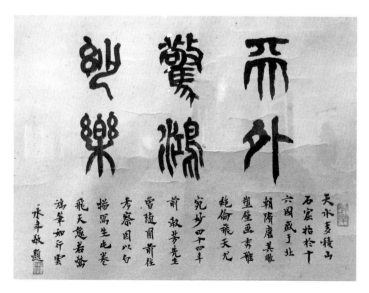

薛永年题萧淑芳《临摹麦积山壁画白描神像》

记得数年前，薛先生曾有题吾友区广安先生山水诗条幅，其初稿曰："山水并世图实境，南海区生与众殊。神畅林峦知妙理，情随笔墨见规模。清香黄鹤参原祁，电住秋园化虹卢。更师造化穷神变，寄望天南有老夫。二零零五年五月三十一日，方壶楼未是草"。书成之后，反复推敲，意有不合，遂改订后再书曰："山川并世图实境，南海区生与众殊。神畅林峦明要妙，情随笔墨见宏模。二黄悟入传心法，一画参身识坦途。造化从心写神秀，长缣短楮尽骊珠。乙酉夏挥汗奉题，广安先生山水即祈两正，方壶楼主人薛永年"，其严谨笃实之风，似有贾岛遗韵。因笔者亲见此两书，既感叹其诗书之雅，更为其学风心折，遂记之，以为后学之津梁。

2016 年 2 月于京城景山小居之南窗

（原载《收藏·拍卖》2016 年第 4 期总第 139 期）

关于信札收藏的访谈

《信息时报》：您从何时开始收藏名家书札？是否有什么机缘？

朱万章：我从 20 世纪 90 年代开始收藏书札，当时的主要机缘是：电脑尚未普及，我和老一辈的学者、书画鉴定家通信的方式主要就是书札。这些与我直接交往的名人的书札成为我最早的一批藏品，主要有书画鉴定家苏庚春、杨仁恺和古文字学家马国权等人通信。后来陆续购买过一些，大多也是学者和书画鉴定的书札。

《信息时报》：据了解您收藏数量多，时间长，为何热衷于此？您的收藏渠道从何而来？

朱万章：之所以热衷书札，尤其是学者和名人书札，主要在于这些书札不仅是联络情感的最好载体，同时体现出作者随意潇洒的书法风格，弥足珍贵。有的书札还具有重要的文献价值，对于美术史研究来说，是难得的第一手资料。我的收藏渠道除早年与名人的通信外，主要有两个：一是与朋友之间交换，新陈代谢，互通有无；二是从市场上少量购买一些。

《信息时报》：您收藏名家书札的标准有哪些？您认为收藏时应该注意哪些问题？

朱万章：我的书札收藏基本上是主题收藏，并不是所有的书札我都收藏。我基本上只收藏书画鉴定家和学者的书札，尤其是 20 世纪以来的鉴定家和学者。主要原因在于我本身从事书画鉴定与学术研究，我对这些书札有很深的感情；另一方面，通过这些书札，除了陶冶情操外，还可从中学到不少知识，挖掘不少史料，成为我学术研究与书画鉴定的源头活水。需要说明的是，收藏书札切忌庞杂，同时要注意品相，更要注意作者的身份等，要有值得挖掘的文化内涵。

《信息时报》：如何鉴定真假，保证书札真实性？

朱万章：鉴定书札与书画鉴定一样，需要长时间的积累，多看真迹，对作者的笔性要熟悉。

《信息时报》：近年来名家书札收藏与拍卖受追捧，您认为造成这一现象的原因有哪些？

朱万章：主要是书札本身所蕴含的文化附加值极高，人们对传统文化回归的认同也是其中一大原因。电子产品已经占据了我们的主流生活，人与人之间不再靠书札往来，因而，收藏书札，从某种程度上讲，也是一种怀旧情结的体现。

《信息时报》：您是否赞成名家书札拍卖？为什么？

朱万章：名家书札的拍卖要具体问题具体分析，我认为在不侵犯版权和个人隐私的前提下，名家书札可以在拍卖市场流通：一是让更多的爱好者收藏到心仪的书札，一是让书札在市场流通中提升其社会价值。

《信息时报》：您会否拍卖收藏的名家书札？为什么？

朱万章：暂时不会。如果碰到有合适的，也还会再收藏一些。不过现在追捧信札的人太多，其价位也不是工薪阶层的人所能承受的，所以往往只能望洋兴叹。

《信息时报》：对于一些名家书札拍卖事件您怎么看？（如钱钟书手札在亲属不同意的情况下拍卖行依然执意上拍；部分名家造假手稿现身拍场；涉及书信隐私的纠纷等。）

朱万章：名家书札的拍卖要尊重书札版权人和作者亲属的意见，尊重其隐私权。

《信息时报》：作为藏家，怎样能较好地保存好书札？

朱万章：保存书札和保存其他书画是一样的，防潮防虫防火防折。

《信息时报》：近期莫言叫停小说《苍蝇·门牙》手稿拍卖，并将其捐赠现代文学馆，您认为这是否是较好的保管方式？您如何看待机构和个人两种收藏渠道？

朱万章：公库收藏是书札收藏的最好方式之一，但不是唯一的方式。公库收藏便于更多的人可以看到，成为学术之公器；私人收藏则便于流通，扩大其社会影响力。因此可以这么说，两种收藏渠道各有所长，不可一概而论。

（原载《信息时报》2012 年 8 月）

后　记

　　周作人曾说:"喝不求解渴的酒,吃不求饱的点心,都是生活上必要的——虽然是无用的装点,而且是愈精炼愈好。"最近几年来,我所梓行的《画里晴川》《画林新语》《画前月下》《画余味象》诸书,或许正是"不求解渴"和"吃不求饱"的无用之学。此书的出版,也正是这一无用之学的延伸。正是因其"无用",不带有任何功利和实用性目的,因而可以无拘无碍、游刃有余地自由发挥。此书的特点即在于此。

　　但与前述诸书迥然有别的是,前者多谈古人,即便谈今人也多是"他人",而此书则多谈今人,且还有不少篇章涉及自己。书中讨论的信札,原本藏在深闺人不识,有的甚至积压箱底或纸篓多年,因某种机缘得以重见天日。在释读这些信札之余,我希望能为它们写点什么,不然可能就永远沉寂于箱底而湮没无闻。基于此,从二〇一七以来,我便开始整理这篇信札,并陆续撰写成文,按照不同的内容,先后刊发于《中国文物报》《中华读书报》《中国文化报》《西泠艺丛》《艺术品》《书与画》《收藏/拍卖》《大观》《收藏》等报刊,在学术界和收藏界引发一定的关注与反响。后来,因为在广西师范大学出版社梓行《画里晴川》所产生的良好效应,双方均有继续合作的愿景，因而这些文章在达到一定的分量后，也就顺理成章付之剞劂了。

在我看来，关于信札的文章最不好写，主要原因在于必须回到信札作者和受信者的交游语境中，如果能找到双方往还的信件及史料，自然也就水到渠成。但如果不能还原当时的历史情境，仅凭数百字短笺，文章自然也就成为无源之水、无本之木。因而直到发稿时为止，手上还有数十通信札因为勾稽史料不足而暂时成为"烂尾工程"。另一方面，关于信札的文章又特别容易写，那是因为和自己直接或间接有关的书札，一提笔便能渐入佳境，回到当初的语境中。故此书的文章，大抵又可分为以上两类。

此书在排版之后，援例应该有个序跋，但因一时笔拙，迟迟未能动笔，以至于书稿编排大半年仍然搁浅，责编刘玲反复催促无效后，索性顺其自然，任我一拖再拖。从戊戌仲秋到己亥孟春，倏忽之间，不觉已历寒暑。适逢冗务之余休年假，来到细雨绵绵的南宋故都，遥望窗外如米芾笔下若隐若现的云烟山水，突然灵感勃发，一日一夜之间，序跋立就。我想，这算不算是烟云供养，造化养人呢？

朱万章

二○一九年正月十二于杭州